Angeline Bauer

Perle aus der Hundefabrik

Die berührende Geschichte einer kleinen
verwahrlosten Hündin -

und sieben weitere Hundegeschichten

Mit Dank an alle Tierschützer,
die Tierleben retten und sich für Tierwohl einsetzen

Impressum

Inhaltsverzeichnis:

Perle aus der Hundefabrik

Das Fell meines Bruders riecht nach unserer Mutter. Ich drücke mich noch fester an ihn, atme ihren Geruch ein, atme die Erinnerung an sie ein.

Es ist dunkel. Der Zwinger, in dem wir leben, ist nicht groß. Ein paar Schritte nur hin und wieder zurück. Hinter uns die Wand eines Schuppens. Über uns der morsche Hocker, unter dem wir uns verkrochen haben. Über dem Hocker der Sternenhimmel.

Doch für uns sind die Sterne in unerreichbarer Ferne.

Manchmal zieht der Mond vorbei. Er taucht hinter dem Schuppen auf, zwängt sich durch das Geäst eines Walnussbaums, verschwindet dann hinter dem

Schornstein einer Fabrik am Rande der Hügel. Wohin weiß ich nicht.

Was dort in der Fabrik passiert, weiß ich auch nicht. Ich sehe nur immer wieder Kästen auf Rädern, die hin- und wieder zurückfahren. Die einen bringen was, die anderen holen was. Und wenn der Wind in unsere Richtung dreht, riecht es nach Tieren und Blut, Angst und Urin. Und man hört Tiere, die seltsame Laute ausstoßen.

Ich wünschte, ich wäre der Mond. Dann könnte ich wie er hinter dem Schornstein und den Hügeln von hier verschwinden.

Noch tiefer drücke ich meine Nase in das Fell meines Bruders, atme den vertrauten, geliebten Geruch unserer Mutter ein. Fast ist mir, als wäre er sie. Ich fange an, mich zu entspannen. Doch meine Erinnerung ist mir nicht gnädig. Sie schickt mir die Bilder, die ich so gerne vergessen würde.

Der große, dicke, schwarzgekleidete Mann, der den Weg herunterkommt. Die Zwingertür, die auffliegt. Sein Stiefel, der nach uns tritt. Doch unsere Mutter wirft sich dem Stiefel entgegen. Sie weiß, wie weh Stiefeltritte tun und will uns beschützen. Lieber soll es sie treffen als uns. Sie fliegt gegen die Wand des Schuppens. Ich höre ihr Jaulen. Dann Stille. Dann greift die Pranke des großen, dicken, schwarzgekleideten Mannes nach ihr und schleudert sie über das Dach des Schuppens. Dorthin, wo der Mond des Nachts auftaucht, um über uns hinweg zum Walnussbaum zu wandern, wo er sich durch das Geäst zur Fabrik zwängt, um dann hinter den Hügeln zu verschwinden.

Ich wünschte, ich wäre der Mond. Dann könnte ich hinter dem Schuppen nach unserer Mutter suchen, sehen, wo sie abgeblieben ist.

Mein Bruder reckt sich und streckt seine Hinterläufe aus. Er beugt sich zu mir und leckt die Wunde, die mir die Ratte zugefügt hat. Vor ein paar Nächten hat sie sich durch das Gitter unseres Zwingers gedrängt. Hat an uns rumgeschnüffelt. Ist über uns hinweggelaufen. Mein Bruder wollte sie beißen, aber die war flink. Schon weg, schon hinter mir, schon hat sie an mir genagt. Es hat weh getan. Dann hat mein Bruder sie doch packen können. Sie hat gequietscht, ist weggelaufen, aber ich weiß, sie wird wiederkommen.

Er leckt meine Wunde, das tut gut. Ich schmiege mich an ihn.

Dann hören wir es: Schrummmm … Schrummmm …

Das sind die Stiefel. Das ist der große, dicke, schwarze Mann! Die Erde erbebt bei jedem seiner Schritte.

Schrummmm … Schrummmm …

Zitternd presse ich mich an meinen Bruder, vergrabe meine Schnauze in sein Fell. Es riecht nicht mehr nach unserer Mutter, es riecht nach Angst.

Ich wünschte, wir beide wären der Mond und könnten hinter den Hügeln verschwinden.

Schrummmm … Schrummmm …

Die schwarzen Stiefel stampfen direkt vor unseren Schnauzen in den trockenen Boden. Die Erschütterung kommt einem Erdbeben gleich. Staub pufft auf und rieselt auf uns herab. Wir halten ganz still, ducken uns, machen uns ganz klein. Vielleicht sieht uns der große, dicke, schwarze Mann dann nicht.

Doch mein Herz schlägt so laut, dass er es hören muss. Ach, wären wir doch bloß der Mond!

Rums. Eine Schüssel knallt vor uns auf den staubigen Grund. Die Stiefel treten in den Boden. Einmal rum, dann raus aus dem Zwinger. Die Tür knallt zu.

Wir sterben fast vor Hunger, und aus den Schüsseln riecht es nach Fressbarem. Trotzdem wagen wir nicht, uns zu rühren. Es dauert lang, bis wir uns aus der Starre lösen und unsere Schnauzen zur Schüssel vorschieben.

Brot in Wasser. Gekochte, modrig riechende Kartoffeln. Alles zerstampft zu einem Brei. Es schmeckt nicht, aber wir haben nichts anderes.

Schließlich siegt der Hunger über die Angst. Wir stürzen uns auf den Fraß.

Zehnmal war es dunkel und wieder hell geworden, war der Mond hinter dem Schuppen hervorge-
krochen, hatte sich durchs Geäst des Walnussbaums gezwängt, um hinter der Fabrik zu verschwinden. Und immer noch keine Stiefel, kein
Fraß, nicht unsere Mutter. Nichts. Wir sind allein
auf dieser Welt.

Der Mond ist inzwischen ganz schmal geworden.
Vielleicht hat er nichts zum Fressen und Hunger wie
wir. Zum Glück hat es geregnet in all der Zeit, da hat
sich die Schüssel mit Wasser gefüllt, das wir gierig
aufgeschlabbert haben.

Wasser wenigstens!

Anfangs trotteten wir im Zwinger auf und ab. Bell-
ten wir. Hofften auf einen Schüssel mit Fraß. Lieber
Stiefel und Schläge, als gar nichts. Doch seit

zweimal Tag und Nacht liegen wir nur noch unter
dem Hocker. Für bellen und trotten haben wir keine
Kraft mehr.

Dann kam die Ratte wieder und hat mich gebissen.
Diesmal hat mein Bruder sie aber erwischt. Er hat
sie getötet, und wir haben sie gefressen.

Zusammengekuschelt harren wir aus.

Jetzt gar kein Mond mehr.

Dann höre ich leises Trappeln, zarte Erschütterungen. Ich öffne die Augen. Hoffnung! Hoffnung auf Futter, vielleicht auf Freiheit, von der wir nicht genau wissen, was es bedeutet. Nur ein Sehnen danach. Nur ein Gefühl, dass es noch etwas anderes geben muss als diesen Zwinger hinter einem Schuppen. Etwas anderes als schwarze Stiefel, die treten, einen großen, dicken, schwarzen Mann, der unsere Mutter über das Dach des Schuppens schleudert, die Fabrik, die nach Angst riecht – und den Mond.

Das Trappeln wird stärker. Hinter dem Walnussbaum tauchen Menschen auf. Sie reden miteinander, sehen sich um, als sei einer hinter ihnen her.

Wir drücken uns weiter unter den Hocker. Ich spüre, dass auch mein Bruder zittert. Wir machen uns ganz klein.

Sie kommen näher. Es sind ein Mann und eine Frau. Sie haben keinen Stiefel an, und ihre Hosen und Jacken sind grün. Der Mann trägt zwei kleine Käfige.

Plötzlich entdecken sie uns. „Schau, dort!" Die Hand des Mannes schießt vor in unsere Richtung, wir zucken zusammen.

„Ja, dort sind sie. Zwei kleine, weiße Knäuel", sagt die Frau, „so wie die Leute aus dem Dorf uns erzählt haben."

Ich weiß nicht, was ein Knäuel ist, doch es klingt nicht böse.

Die Frau öffnet die Zwingertür. Sie kommt näher, kniet sich vor uns auf den Boden und betrachtet uns mit gerunzelter Stirn. „Ach, du liebes Bisschen, wie schaut ihr denn aus!", fragt sie, als ob wir antworten könnten. Sie sieht den Mann an, sagt: „Gibt mir mal deine Handschuhe."

Er zieht welche aus seiner Jackentasche, sie schlüpft hinein, sagt zu uns: „Wir nehmen euch jetzt mit, ihr Ärmsten." Dann greift sie zuerst nach meinem Bruder. Er bellt sie an, es klingt mehr wie ein Jaulen. Er hat Angst – ich habe auch Angst.

Die Frau legt meinen Bruder in einen der beiden Käfige. Ich fiepe und belle. Ich will nicht, dass sie mir meinen Bruder wegnimmt! Ich will nicht, dass mein Bruder in einen Käfig kommt, und ich muss hierbleiben. Allein bei dem schwarzen Mann!

Doch dann greift sie auch nach mir. Sie hebt mich hoch, sieht mich an und lächelt. „Süß bist du, armer, kleiner Hund." Sie dreht mich auf den Rücken und schaut mir zwischen die Hinterläufe. „Ein Mädchen", sagt sie, drückt mich sanft an sich und streichelt mich. Das ist fast so schön wie es war, als unsere Mutter uns das Fell putzte und den Bauch leckte, aber Angst habe ich trotzdem noch.

Der Mann hält ihr den zweiten Käfig hin, und sie schiebt mich hinein. Durch das Gitter hindurch sehe ich meinen Bruder. Er kauert in der Ecke seines Käfigs und winselt. Ich möchte zu ihm, möchte meine

Schnauze in sein Fell schieben oder der Mond sein
und ganz verschwinden.

„Komm", sagt der Mann, hebt den Käfig an und
geht Richtung Walnussbaum davon.

Die Frau folgt ihm mit mir. Ich blicke zurück zum
Zwinger, zum Schuppen neben dem Walnussbaum.
„Unsere Mutter!", möchte ich rufen. Ach, könnte
ich doch nur reden wie ein Mensch! „Unsere Mutter auch mitnehmen!" Ob ich sie je wiedersehe?

Sie schiebt meinen Käfig in einen Kasten auf Rädern
neben den anderen Käfig, in dem mein Bruder sitzt.
Er sieht mich an, wedelt, bellt leise, möchte, dass
ich zu ihm komme. Doch die Gitter halten uns von-
einander fern.

Die Türen werden zugeschlagen, es ist fast dunkel.
Licht fällt nur durch ein kleines Fenster. Ein Grollen
ist zu hören, ein Rumsen, dann schaukelt es. Am
Fenster ziehen Bäume vorbei. Sie rennen, sie rasen.
Ich staune, denn noch nie zuvor habe ich gesehen,
dass sich Bäume von der Stelle bewegen können!

Es dauert sehr lang, bis das Schaukeln aufhört, das
Grollen verstummt. Die Tür wird geöffnet, das

Gesicht der Frau erscheint. Sie greift nach meinem Käfig, zieht ihn heraus, geht mit mir an einer Hauswand entlang. Ich kann sehen, dass der Mann den anderen Käfig nimmt und uns in einigem Abstand folgt. Vielleicht, denke ich, vielleicht darf ich ja gleich wieder zu meinem Bruder. Dann biegt die Frau mit mir um eine Ecke, öffnet eine Tür, und wir sind in einem Haus. Langsam fällt hinter uns die Tür zu, noch bevor der Mann mit meinem Bruder das Haus betreten konnte.

Ich springe auf. Ich belle. Ich möchte, dass er zu mir kommt! Mein Bellen soll ärgerlich klingen, doch es gelingt mir nur ein seltsamer, hoher Ton, der sich wie ein jämmerliches Quietschen anhört.

„Nur ruhig", sagt die Frau, „hier geschieht dir nichts."

Ist mir egal, was sie sagt. Ich belle weiter. Diesmal mit ganzer Kraft. Jetzt klingt es empört. „Mein Bruder!"

Eine zweite Tür wird aufgestoßen, und wir befinden uns in einem Raum, in dem es nach Blut, Angst und Tod riecht. Und scharf. Ein seltsam beißender Geruch.

Der Käfig, in dem ich sitze, landet auf einem Metalltisch. Das knallt. Ein Mann tritt ein. Er hat Stiefel
an! Ich ducke mich, starre auf die Stiefel. Sie sind
aus Gummi und grün. Seine Hose ist auch grün, darüber ein weißer Kittel.

Kein schwarzer Mann, aber ein Mann – und ich
habe Angst.

„Was bringt ihr mir da?", fragt er, starrt mich durch
das Gitter hindurch an.

„Eine Hündin, etwa ein halbes Jahr alt. Unterer-
nährt, verwahrlost, Rattenbisse. Wir haben sie und
einen gleichalten Rüden in einem Zwinger gefunden, der zu einem verlassenen Haus gehört. Leute
aus dem nahen Dorf haben uns den Hinweis gege-
ben. Die beiden wären elendiglich verreckt, wenn
wir sie da nicht herausgeholt hätten."

„Hm", macht der Mann. Er zieht Handschuhe an,
hebt mich aus dem Käfig. Ich würde ihn gern beißen, aber ich bin zu schwach. „Und der Rüde?",
fragt er, setzt mich auf den Tisch und fummelt an
mir herum.

„Ist drüben im anderen Haus auf Isolierstation.
Sieht noch schlechter aus. Mareike kümmert sich
um ihn.“

Inzwischen hat der Mann in meine Ohren geschaut,
mir das Maul aufgerissen, die Wunde am Rücken
von der Ratte betrachtet und meinen Bauch abge-
tastet. „Die kriegen wir wieder hin“, meint er
schließlich. „Ist ein starkes, kleines Mädchen.“

Er geht weg, kommt wieder, sticht mir einen Nadel
unter den Pelz. Ich würde mich gerne wehren, aber
ich bin zu schwach.

Dann weiß ich nicht mehr.

Ich habe geschlafen, wache auf. Ich befinde mich wieder in einem Käfig, aber der ist viel größer, so groß wie unser Zwinger war. Und er steht in einem Haus. Kein Himmel mehr! Kein Mond ...

Ich liege auf einer Decke in einer Kiste. Eine Decke in einer Kiste habe ich noch nie gehabt! Da fühlt man sich weich und geborgen. Davor steht eine Schüssel mit Wasser. Ich stehe auf, will Wasser schlabbern. Zuerst knicken mir die Beine weg. Doch als ich es noch einmal versuche, kriege ich es hin.

Das Wasser schmeckt frisch. Ich trinke viel. Setze immer wieder ab und lausche. So viele Geräusche, die ich nicht kenne. Menschen, die reden. Türen, die auf und zu geschlagen werden. Bellen und Jaulen von vielen Hunden.

Ich schaue mich um. Rechts und links von mir in einer langen Reihe stehen viele solcher Käfige wie der, in dem ich mich befinde. An meiner rechten Seite liegt auf einem Kissen ein schwarzer zotteliger Hund. Bei dem kann ich gar nicht erkennen, wo vorne ist und wo hinten. Er liegt da wie tot, rührt sich nicht.

Links sitzt einer mit dem Rücken zu mir wie versteinert da und starrt vor sich hin. Nur sein Ohr zuckt manchmal. Vor unseren Käfigen ein schmaler Gang mit Fenstern, vor denen es aber nicht viel zu sehen gibt. Ein paar Zweige von Sträuchern, die in einen schmalen Himmelsstreifen ragen. Vielleicht schaut Zuckohr da hinaus. Vielleicht hat auch er einen Bruder und hofft, ihn dort draußen zu sehen.

Ich schlabbere weiter. Gerne hätte ich was zu fressen, aber vielleicht käme dann der schwarze Mann mit einem Fraß, und das will ich dann doch lieber nicht. Aber Hunger ist auch nicht schön.

Zuckohr springt plötzlich auf, dreht sich um und starrt mich an. Kurz fletscht er die Zähne, knurrt dazu, geht dann zu seinem Lager und wirft sich mit einem Aufstöhnen hin.

Ich lege mich ebenfalls auf mein Lager, lege den Kopf auf die Pfoten und frage mich, wo ich hier bin. Ich denke sehr lang darüber nach und komme zu dem Schluss, dass das hier eine Hundefabrik ist.

Ich äuge zum schwarzen Fellbündel hinüber. Es bewegt sich. Es steht auf. Es schüttelt sich und fällt wieder um. Ich weiß nicht, was ich von all dem halten soll.

Ich will zu meinem Bruder!

Plötzlich setzt Bellen ein. Bellen überall, draußen und drinnen. Und immer mehr Hunde bellen und jaulen. Auch Zuckohr und Fellbündel bellen, und ich belle vorsichtshalber auch mit.

Die Tür geht auf, eine Frau schiebt einen Wagen rein. Darauf sind Schüsseln, aus denen es duftet. Sie öffnet einen Käfig ganz vorne im Flur, stellt eine Schüssel hinein. Das schwarze Fellbündel steht auf und Zuckohr springt mit rasendem Gebell gegen das Gitter seines Käfigs. Ich bleibe mal lieber liegen, fühle mich ohnehin noch ziemlich schwach.

Die Frau öffnet den nächsten Käfig. Schüssel rein, den nächsten Käfig, Schüssel rein – und so geht es weiter. Je näher sie kommt, desto mehr gerät Zuckohr außer Rand und Band.

„Ruhe!“, ruft die Frau.

Sie ist inzwischen bei Fellbündel angekommen. „Na“, sagt sie zu ihm, „wieder auf den Beinen?“ Dabei schiebt sie ihm eine Schüssel in den Käfig.

Es duftet zu mir herüber. Ich schnüffle, stehe auf, wage mich aber nicht nach vorne. Dann öffnet die Frau auch meinen Käfig. „Hallo“, sagt sie. „Du bist ja süß!“

Das hat auch die andere Frau schon gesagt und hat dabei nicht nach mir getreten. Trotzdem bleibe ich lieber, wo ich bin. Die Frau schiebt mir einen Schüssel rein, schließt den Käfig und geht zu Zuckohr.

Er schlägt inzwischen Purzelbäume, springt der Frau fast in die Schüssel. „Ho“, sagt sie, zieht schnell die Schüssel zurück und schließt das Gitter wieder.

Zuckohr schaut bedeppert.

„Ruhig“, sagt die Frau noch einmal, öffnet den Käfig, Zuckohr springt sofort wieder los.

Die Frau zieht die Schüssel zurück, macht zu. Das geht so einige Male, bis Zuckohr sitzen bleibt. Erst dann stellt sie die Schüssel ab, schließt den Käfig, und Zuckohr stürzt sich drauf, als wollte er der Schüssel den Garaus machen. Dabei knurrt er und schaut mich an, dass mir das Fürchten kommt!

Ich sehe mir das Ganze an, wage mich nicht vom Platz. Erst als die Frau weg ist, will ich mich zur Schüssel schleichen. Doch ich hab kaum einen Schritt getan, da prescht Zuckohr vor, springt gegen das Gitter, zeigt mir die Zähne. Er will meine Schüssel! Ich erstarre mitten in der Bewegung verharre so und behalte Zuckohr aus den Augenwinkeln im Blick. Doch irgendwann verstehe ich: Zuckohrs Randale macht zwar furchtbaren Krach, aber das Gitter hält.

Mein Hunger macht mich mutig. Geduckt und sehr langsam schleiche ich weiter. Ich schnuppere an der Schüssel. Das riecht lecker! Ich weiß nicht nach was, denn ich habe bis heute nur Brot, Wasser, modrige Kartoffeln, tote Mäuse und faulende Äpfel gefressen. Aber es riecht lecker! So lecker, dass ich nicht anders kann als das Zeug in mich reinzuschlingen,

auch wenn es vielleicht später zur Strafe Prügel
gibt.

Die Frau hat die Schüssel wieder abgeholt. „Brav
so", hat sie gesagt. Das Wort kenne ich nicht, aber
es klingt freundlich. Und sie hat nicht getreten! Ich
fühle mich satt und zufrieden, wenn ich auch Angst
vor Zuckohr habe und mich nach meinem Bruder
sehne.

Ich wurde wach, weil jemand am Käfig von Fellbündel gerüttelt hat. Es ist die Schüsselfrau. Sie legt
Fellbündel ein Halsband an, befestigt einen langen
Strick dran und zieht ihn hinter sich her. Raus aus
dem Käfig, auf den Flur, zur Tür am Ende des Flures,
durch die sie zusammen verschwinden.

Was sie wohl jetzt mit ihm macht? Vielleicht bekommt er draußen Prügel wegen der leergefresse-
nen Schüssel. Oder sie schleudert ihn über einen
Schuppen, und er kommt nie mehr zurück.

Ich schaue zu Zuckohr hinüber. Als sich unsere Blicke treffen, knurrt er. Da mache ich schnell die Augen zu.

Bin wieder eingeschlafen und aufgewacht, weil
ich auf dem Flur Geräusche hörte. Es ist die

Schüsselfrau mit einem schwarzen Hund am Strick. Er riecht wie Fellbündel, aber er kann es nicht sein. Er sieht ganz anders aus. Nackt bis fast auf die Haut und furchtbar dürr. Wenn er es wirklich wäre, wo wäre dann sein Fell geblieben?

Er geht in Fellbündels Käfig und sackt auf sein Lager. Von dort sieht er mich traurig an.

Die Schüsselfrau verschwindet wieder. Einige der Hunde auf unserem Flur bellen, andere liegen einfach nur rum und schauen ihr nach. Ich auch. Lieber nicht auffallen.

Es wird dunkel, es wird hell.

Die Schüsselfrau kommt. Der Mann ist bei ihr, der mir das Maul aufgerissen hat. Ich gehe in Deckung. Aber sie beachten mich gar nicht, sondern bleiben vor Zuckohr stehen. Er bellt sie an, beißt ins Gitter seines Käfigs.

„Er ist gefährlich", sagt die Frau. „Er hat Kinder gebissen. Den kriegen wir niemals vermittelt. Und so was wie Lebensfreude kennt er nicht."

Zuckohr springt ans Gitter, schlägt einen Salto, fletscht die Zähne.

Der Mann nickt. „Wir schläfern ihn ein. Ist besser für ihn und für alle hier. Und wir brauchen den Platz für einen, der noch eine Chance hat."

Die Schüsselfrau seufzt. „Ja, ist besser für ihn."

Sie gehen, sie kommen wieder. Schieben einen Metalltisch auf Rollen vor sich her. Die Frau wirft einen Knochen durchs Gitter von Zuckohrs Käfig, er stürzt sich drauf. Nagt dran herum, knurrt dabei, sieht mich an mit einem Blick, als wollte er mich töten.

Der Mann hat ein langes Rohr dabei. Er schiebt es durchs Gitter, es deutet auf Zuckohrs Hinterteil. Plötzlich pustet der Mann, und etwas landet in Zuckohrs struppigem Fell. Wütend schmeißt er sich rum, duckt sich zum Sprung. Doch plötzlich sackt er weg. Geht in die Knie, starrt mich an. Zum Fürchten! Ich wünschte, mein Bruder wäre hier. Oder unsere Mutter. Oder wenigstens der Hocker, aus unserem Zwinger, damit ich mich drunter verstecken kann. Noch ein Aufbäumen, dann fällt Zuckohr um.

Sie öffnen den Käfig, beeilen sich, Zuckohr auf den Tisch zu legen und fahren mit ihm zur Tür. Sie knallt ins Schloss, und es ist still.

Ich weiß nicht, was einschläfern ist, aber es muss was Schlimmes sein, das spüre ich. Ich will nicht auch eingeschläfert werden!

Ich schlafe ein wenig, träume von gefüllten Schüsseln, die ich auslecke, von Tritten zur Strafe, von Zuckohr, der gegen das Gitter springt und mir die Schüssel wegnehmen will.

Eine Frau kommt und hat ein Ding dabei, das Wasser spucken kann. Das Wasser riecht streng. Damit macht sie Zuckohrs Käfig sauber. Sie nimmt Zuckohrs Lager mit und bringt ein neues und eine Schüssel mit Wasser. Dann geht sie wieder.

Nach einiger Zeit kommt die Schüsselfrau herein, zieht einen Hund am Strick hinter sich her. Er ist größer als ich, rot wie die Füchse, die manchmal nachts an unserem Zwinger vorbeiliefen, und hat lange, sehr lange Ohren, die seitwärts herunterhängen. Und er ist klapperdürr.

Die Füchse habe ich beneidet. Sie hatten schon mal ein Kaninchen im Maul, das roch so, als könnte man sich daran sattfressen. Mir hat unsere Mutter höchstens mal eine von ihr erlegte Maus vor die Füße gelegt, die es gewagt hatte, durch unseren Zwinger zu laufen. Aber die Füchse waren nicht in einem Zwinger gefangen, die konnten überall hinlaufen. Auch hinter den Schuppen, wo vielleicht unsere Mutter liegt und noch immer auf uns wartet.

Einmal blieb einer vor uns stehen. Der wusste genau, dass wir nicht raus konnten, und wollte uns ärgern. Er hatte einen schwarzen Vogel im Maul. So sah er uns an, und ich hatte das Gefühl, dass er frech grinste. Unsere Mutter hat ihn dann verbellt, und er ist endlich auf und davon. Dafür habe ich sie bewundert! Sie war mutig und tapfer, und sie war stark. Ich möchte werden wie sie.

Die Schüsselfrau schiebt den Hund in Zuckohrs Käfig, verschließt ihn und geht.

Langohr winselt leise, trottet zu seinem Lager, lässt sich drauffallen und sieht mich traurig an. Ich weiß, wie er sich fühlt …

Gegen Abend bringt die Schüsselfrau wieder Schüsseln. Es geht wie gestern. Tür auf, Schüssel rein, Tür zu. Der nächste Käfig. Tür auf, Schüssel rein, Tür zu.

Je näher sie kommt, desto unruhiger werde ich. Die anderen Hunde bellen und jaulen. Nur Langohr, Fellbündel ohne Fell und ich nicht. Zu ängstlich.

Meine Schüssel landet im Käfig. Als die Käfigtür zu-fällt, laufe ich hin und versenke meine Schnauze in der Schüssel. Ich bin froh, dass Zuckohr nicht mehr da ist! Und ich wünschte, der Fuchs könnte mich jetzt sehen, denn das schmeckt bestimmt besser als so ein toter schwarzer Vogel! Ich würde ihn frech angrinsen und dann genau so mutig wie meine Mutter verbellen, damit er verschwindet.

Langohr und Fellbündel ohne Fell fressen ebenfalls. Erst zaghaft, dann gierig. Als die Schüsseln leer sind, lecken wir nach. Kein Krümel, kein Tropfen soll zu-rückbleiben! Weiß man schließlich, wann es wieder etwas gibt?

Wir haben uns gerade langgemacht, um das Fres-sen zu verdauen, da geht mit einem Rums eine Luke neben meinem Lager auf. In den anderen Käfigen passiert dasselbe. Ich beobachte, wie Fellbündel ohne Fell durch die Luke nach draußen schlüpft und tu es ihm vorsichtig nach. Kurz hatte ich die Hoffnung gehabt: Da durch, und dann frei sein – was immer frei sein bedeuten mochte. Doch draußen wieder Gitter. Ein paar Schritte vor, ein paar Schritte hin, ein paar zurück. Nach dem Gitter eine Wiese und nach der Wiese ein anderes Haus mit vielen Käfigen und Luken. Aber über all dem ist Himmel und Gras, und es riecht herrlich nach Hundeurin.

Erstmal selbst die Blase entleeren und einen Haufen Kot absetzen. Dann schnüffle ich, was das Zeug hält. Unglaublich, was Urin so alles zu erzählen weiß. Da war einer vor mir hier, der war alt. Ein Rüde. Und krank war der, hatte was an den Pfoten, das wie faul riecht. Und nach ihm eine Hündin, die war so alt wie unsere Mutter und die hatte Junge. Und …

Rums! Ich erschrecke, denn die Luke hinter mir klappt runter. Jetzt bin ich hier draußen gefangen.

Panik!

Ich laufe hin, ich laufe her, ich schau rüber zu Fellbündel ohne Fell, was der tut. Er bleibt ganz ruhig, starrt zum gegenüberliegenden Haus, als würde er etwas erwarten. Und Rums, und auch dort drüben gehen die Klappen auf, und raus kommen Hunde. Kommen raus und bellen, schnüffeln, machen was ins Gras. Tappen nach rechts und links, kabbeln sich, springen ans Gitter ihres Käfigs. Alles wie bei uns.

Viele Hunde! Große und kleine.

Ich denke, vielleicht ist mein Bruder dort drüben. Aber nichts Weißes wie ich ist zu sehen. Nur größer weiß und zottelig. Aber nicht mein Bruder.

Fellbündel ohne Fell kommt langsam und geduckt zu mir ans Gitter. Er blafft leise, um mir zu zeigen, dass er nichts Böses im Sinn hat. Ich gehe zu ihm. Wir beschnüffeln uns. Jetzt bin ich sicher, das ist Fellbündel – aber eben ohne Fell. Keine Ahnung, wo er seine vielen Locken gelassen hat.

Der ist jedenfalls in Ordnung. Ich mag ihn. Seit er kein Fell mehr hat, kann ich auch sehen, wo bei dem vorne und wo hinten ist. Ich meine, hätte ich ihn gestern schon von nah beschnüffeln können,

hätte ich es natürlich trotz des ganzen Fells ge-
wusst.

Ich gehe rüber zu Langohr. Der ist ebenfalls okay.
Hat Angst, das rieche ich. Da geht es ihm wie mir.

Ich leg mich in die Sonne und meine Schnauze auf
die Pfoten und schau rüber zum anderen Haus,
dann hoch zum Himmel. Wenn ich's recht bedenke,
geht es mir hier besser als in unserem Zwinger. Unsere Mutter fehlt mir halt und mein Bruder. Aber
kein schwarzer Mann, keine Stiefel, kein Hunger.
Und das Fressen hier ist viel besser!

Bald fallen mir die Augen zu.

Es müssen viele Stunden vergangen sein. Hatte
immer mal wieder die Augen geöffnet, rüber gelinst
zum anderen Haus oder zu Fellbündel ohne Fell,
dann zum Himmel geguckt und dann weitergedöst.

Plötzlich ein Rumsen hinter mir! Erschrocken
springe ich auf, bin mit einem Satz am Gitter und
presse mich zitternd dagegen. Doch es war nur die
Luke, die sich geöffnet hatte.

Ich schau nach rechts, ich schau nach links. Die anderen Hunde strecken sich, gähnen, trotten einer nach dem anderen rein in den Käfig im Haus. Ich tu es ihnen nach, wenn auch mit Vorsicht. Man weiß ja nicht, was einen wieder erwartet! Erst mal schauen.

Kein schwarzer Mann, keine Stiefel – aber eine Schüssel! Ich laufe hin. Schnauze rein. Ausgeschlabbert.

Erst jetzt fällt mir auf, dass Fellbündel ohne Fell keine Schüssel bekommen hat. Und weiter hinten sind auch noch ein paar, die nichts bekommen haben. Fellbündel ohne Fell schaut mich neidvoll an. Kann ich verstehen. Aber ich würde ihm auch dann nichts abgegeben, wenn es möglich wäre. Ein bisschen schäme ich mich dafür, mit meinem Bruder hätte ich auf jeden Fall geteilt. Aber hier … was man hat, das hat man!

Ich lege mich auf mein Lager. Es riecht streng in unseren Käfigen. So wie gestern, als die Frau mit dem Ding hier war, das Wasser spucken kann. Und es ist feucht.

Ich schlafe ein wenig, werde wach, weil die Schüsselfrau an mir vorbeigeht. Sie verschwindet in einem der Käfige, kommt kurze Zeit später mit einem Hund am Strick wieder vorbei und verlässt das Haus.

Fellbündel ohne Fell winselt leise. Ich glaube, der hat Hunger. Ich bin froh, dass ich eine Schüssel bekommen hatte.

Schlafe wieder.

Tür geht auf, Schüsselfrau geht mit einem rollenden Metalltisch an mir vorbei. Auf dem Tisch sind keine Schüsseln, sondern der Hund, den sie zuvor am Strick rausgebracht hatte. Er liegt da, rührt sich nicht. Sein Kopf steckt in einem weißen Ding, das sie an seinem Hals befestigt hat. Das sieht seltsam aus und ist bestimmt sehr unangenehm.

Er bäumt sich auf, doch sein Kopf fällt kraftlos auf den Tisch zurück.

Mein Herz klopft. Vielleicht war er böse. Vielleicht hätte er seine Schüssel nicht ausschlabbern dürfen. Vielleicht hat er deswegen heute keine mehr bekommen. Vielleicht steckt auch der Kopf gar nicht in dem Ding, sondern haben sie ihm den Kopf abgemacht? Vorsichtshalber, denn dann kann er gar nicht mehr fressen. Ich schau zu Fellbündel ohne Fell hinüber. Er tut mir leid. Der hatte ja auch keine Schüssel. Vielleicht nehmen sie ihm ebenfalls den Kopf ab.

Die Schüsselfrau geht wieder. Kommt mit einem Strick, holt einen Hund. Bringt ihn mit einem weißen Ding am Hals auf dem Schüsselwagen zurück. Sie schiebt ihn an mir vorbei. Fährt den Wagen weg. Kommt mit Strick. Holt Fellbündel ohne Fell.

Vorsichtshalber verkrümle ich mich auf mein Lager und tu, als wäre ich gar nicht da.

In diesem Moment wünsche ich mich in meinen Zwinger zurück. Allerdings – der schwarze Mann und die Stiefel ... Ich seufze und schließe die Augen.

Als ich sie wieder öffne, rappelt es an der Käfigtür von Fellbündel ohne Fell. Es ist die Schüsselfrau. Fellbündel ohne Fell liegt auf dem Wagen. Er hat ein weißes Ding um, wie die anderen vor ihm. Die Schüsselfrau nimmt ihn hoch und trägt ihn auf sein Lager. Jetzt sehe ich, dass er doch noch einen Kopf hat, der steckt in dem weißen Ding. Die

Schüsselfrau streichelt ihm über den Rücken. Fellbündel ohne Fell blinzelt sie an. „Geht dir bald wieder besser", sagt sie und verschwindet.

Ich schaue ihn an, er mich. Er sieht bedeppert aus und müde. Bald fallen ihm die Augen zu.

Zwei Tage sind vergangen. Ich fühle mich stark wie nie zuvor. Ich würde gerne rennen, aber weder im Innen- noch im Außenkäfig geht das. Nur ein paar Schritte hin und wieder zurück.

Dann kommt eine Frau mit knallroten Haaren. Die habe ich noch nie gesehen. Sie hat einen Strick da-bei. Vor meinem Käfig bleibt sie stehen, liest von ei-nem Schild die Nummer 291 ab. „Hm", macht sie, „stimmt." Sie öffnet den Käfig und kommt rein.

Ich verziehe mich, aber das nützt mir nichts. Sie packt mich und nimmt mich hoch. „Hey", sagt sie, „brauchst dich nicht zu fürchten. Bist ja eine süße Maus."

Ich schau sie entsetzt an. Wieso Maus? Bin doch ein Hund! Und Hunde und Füchse können Mäuse fres-sen! Und ich will nicht gefressen werden!

Sie befestigt den Strick an mir und zieht mich hinter sich her. Ich stemme alle viere in den Boden, doch das hilft mir nichts. Sie nimmt mich kurzerhand auf den Arm und trägt mich hinaus.

In einem hellen Zimmer, das sehr scharf nach Hund und nach Angst riecht, setzt sie mich auf einen Metalltisch. Ich versuche abzuhauen, aber sie hält mich fest. Da ist noch eine andere Frau. Zu zweit schauen sie mich an. Ganz genau. In die Ohren rein, reißen mir das Maul auf. Fummeln am Bauch und an meinen Pfoten rum.

„Flöhe und Zecken hat sie nicht mehr", sagt die Rotschopffrau. „Wurde schon bei der Einlieferung behandelt. Aber das Fell - total verfilzt!"

„Muss alles weg", sagt die andere. „Danach baden und Nägel schneiden."

Die Rotschopffrau geht zu einem Regal, bringt einiges Zeug heraus, legt es auf einen zweiten Tisch. Davon nimmt sie ein Ding, das surrt, nachdem sie auf einen Knopf gedrückt hat. Mir ist das unheimlich. Ich will wieder weg, versuche vom Tisch zu springen, aber die Andere hält mich fest.

„Nichts da", sagt sie, „hiergeblieben."

Das Ding kommt mir gefährlich nahe. Ich strample. Der Griff der Anderen wird noch fester. Das Ding fährt mir ins Fell. Es surrt und ruckelt an mir rum. Ich beruhige mich langsam. Es tut nicht weh, zuppelt nur so ein bisschen. Ich sehe, dass weißes Fell auf den Tisch fällt wie Blätter vom Baum. Immer mehr, und mir wird kalt.

Mir dämmert, dass die mit Fellbündel ohne Fell das Gleiche gemacht haben. Und dass ich gleich genauso seltsam aussehen werde wie er. Ich versuche noch einmal vom Tisch zu springen, aber die sind schneller und stärker als ich.

Am Ende knipsen die mir auch noch die Nägel ab. Tut nicht weh, aber ich will nicht, dass einer was von mir abknipst! Wusste ich doch, dass man dem Frieden mit Schüssel voll und 'du bist aber süß' nicht trauen kann.

„So", sagt die Rotschopffrau, stützt die Hände in die Hüften und sieht mich zufrieden an. Ich scheine ihr zu gefallen.

Und die andere: „Die ist echt putzig, die kriegen wir bestimmt vermittelt."

„Bestimmt. Nächste Woche kommen die aus Deutschland, dann ist die weg."

Putzig. Vermittelt. Einschläfern. Deutschland. Lauter neue Wörter, die ich nicht verstehe.

Die Rotschopffrau bindet mir den Strick wieder um und bringt mich zurück in den Käfig. Fellbündel ohne Fell kommt zu mir ans Gitter, schaut mich mitfühlend an.

Zweimal am Tag kriegen wir eine Schüssel. Zweimal am Tag dürfen wir in den Außenkäfig. Dreimal Tag und dreimal Nacht vergehen so.

Dann passiert, wovor ich mich immer gefürchtet habe. Keine Schüssel! Alle anderen schon, nur Langohr und ich nicht! Wir tauschen bange Blicke. Wir ahnen Schlimmes.

Ein paar Stunden später holen sie Langohr ab. Am Strick trottet er hinter Rotschopffrau her. Ich rieche seine Angst und fürchte mich mit ihm. Zitternd liege ich auf meinem Lager, harre der Dinge, die da kommen mögen. Denke an meinen Bruder. An unsere Mutter. An Stiefel und Schuppen und den schwarzen Mann.

Als sie Langohr zurückbringt, hat er ein weißes Ding um den Kopf.

Sie geht, sie kommt wieder. Sie bindet mir den Strick um und zieht mich hinter sich her in das Zimmer, in das ich ganz am Anfang gebracht wurde - das Zimmer, das so seltsam scharf riecht.

Der Mann mit den grünen Gummistiefeln ist auch wieder da und betrachtet mich neugierig. „Na, die sieht ja schon viel besser aus", sagt er.

Die Rotschopffrau setzt mich auf den Metalltisch. Der Mann reißt mir das Maul auf und schaut meinen Bauch an, drückt an mir herum. Dann sticht er mich wieder mit einer Nadel.

Und dann weiß ich nicht mehr.

Ich muss geschlafen haben. Als ich aufwache,
liege ich auf meinem Lager in meinem Käfig. Mein
Kopf steckt in einem weißen Ding. Das ärgert mich.
Ich sehe nur noch das weiße Ding und was direkt
vor mir ist. Ich schüttle mich, aber das tut am Bauch
weh. Ich will zum Bauch schauen, doch das weiße
Ding ist im Weg.

Ich belle!

Ich bin empört!

Neben mir höre ich seltsame Geräusche. Etwas
botzt an das Gitter meines Käfigs. Ich drehe mich
langsam um mich, bis ich Langohr genau vor mir
habe. Er steht am Gitter, das weiße Ding schrammt
dran entlang, weil er den Kopf nach rechts und links
dreht. Dann hat auch er mich genau vor sich und

hält inne. Wir schauen uns in die Augen. Er winselt
leise, ich winsle zurück.

Ich lege mich hin und schlafe.

Die anderen bekommen eine Schüssel, nur wir
nicht. Das ist gemein! Raus dürfen wir schon, aber
man sieht ja kaum was mit dem weißen Ding um
den Kopf.

Dann einmal Nacht.

Am Morgen wieder keine Schüssel. Die anderen
dürfen raus, wir nicht. Aber als alle draußen sind,
kommen Schüsselfrau und Rotschopffrau und bringen uns was zum Fressen. Sie machen das weiße
Ding ab, schauen zu, wie wir das Futter in uns rein-
schlingen. Als ich auch den allerletzten Krümel ver-
drückt habe, will ich meinen Bauch beschnüffeln,
aber zack – da habe ich schon wieder das blöde
weiße Ding um.

   Ein paarmal Tag, und ein paarmal Nacht. Endlich
nehmen sie mir das weiße Ding ab. Bin richtig froh!

Schnüffle gleich an meinem Bauch. Riecht nach Verletzung.

Wir dürfen raus, gucken uns die Hunde von gegenüber an. Einer ist so groß, dass ich mich locker zweimal unter ihn stellen könnte. Also einmal und nochmal auf mich drauf. Und er ist furchtbar dürr. Der wird bestimmt eingeschläfert.

So mache ich mir meine Gedanken, als drei Leute im Hof auftauchen. Es sind die Schüsselfrau, der Gummistiefelmann und noch einer, den kenne ich nicht. Er hat keine Stiefel an, aber eine Kappe auf und einen Schreibblock in der Hand. Sie gehen an den Käfigen vom anderen Haus entlang, gucken die Hunde an, bleiben ab und zu stehen.

Ich spüre, dass da was im Busch ist und verziehe mich vorsichtshalber ganz nach hinten zur Klappe. Falls sie aufgeht, verschwinde ich.

Bei dem Langen-Dürren bleiben sie stehen, reden über ihn. Vermute ich mal. Hören kann ich nichts, ist zu weit weg.

Gehen weiter, bleiben bei einem stehen, der hat spitze Ohren und keine Rute. Ich hab noch nie einen

Hund ohne Rute gesehen. Vielleicht ist sie ihm ab-
gebrochen. Aber knurren kann er, dass einem das
Grauen kommt.

Sie gehen rüber auf unsere Seite. Da kann ich nicht
mehr sehen, wo sie noch überall stehen bleiben.
Müsste ich vor ans Gitter, aber besser nicht. Vielleicht geht ja doch noch die Klappe auf und ich kann
mich nach drinnen verkrümeln.

Schließlich kommen sie neben mir bei Langohr an.

„Ein Rüde, vier Jahre alt, reinrassiger Spaniel", sagt
die Schüsselfrau. Gutmütig, recht schüchtern."

„Wäre was für ältere Leute", entgegnet der mit der
Kappe.

Der Gummistiefelmann nickt, und der mit der
Kappe schreibt was auf seinen Block.

Dann bleiben sie auch bei mir stehen. Sie schauen,
ich schau zurück und hoffe immer noch, dass plötzlich die Klappe aufgeht, damit ich mich verziehen
kann.

„Da haben wir ganz was Süßes", sagt die Schüsselfrau. „Hündin, etwa acht Monate alt. Ich denke mal,
die ist sehr agil, wenn sie erst aufgetaut ist."

Agil! Was heißt das nun wieder. Aber ich bin froh,
dass sie mich nicht Maus genannt hat.

„Ein Maltipoo, Mix aus Malteser und Pudel", sagt
der Gummistiefelmann. „Na ja, vielleicht nicht ganz
reinrassig, aber so in etwa kommt es hin."

„Leicht zu vermitteln", entgegnet der Kappenmann,
„die nehmen wir mit."

Nehmen wir mit. Kann mit. Muss mit. Darf mit. Das
sagen sie immer, wenn sie einen wohin bringen.
Mir gefällt das gar nicht. Vielleicht wieder in einen
Zwinger hinter einem Schuppen. Und keine Schüsseln mehr! Dafür Stiefel, und vielleicht ein schwarzer Mann.

Sie postieren sich vor Fellbündel ohne Fell, der übrigens schon wieder ein bisschen Fell hat.

„Ein Puli – ungarischer Hirtenhund", erklärt die
Schüsselfrau. „Der war so verwahrlost, wir mussten
ihn scheren. Aber das Fell wächst schon bald nach.

Er ist ein Herz von einem Hund. Was für Leute, die einen Hof haben. Tiere. Kinder. Da passt der hin.“

„Dürfte so etwa drei Jahre alt sein“, fügt der Gummistiefelmann an.

„Hm.“ Der Kappenmann schiebt sich die Kappe ein Stück aus der Stirn und kratzt sich den Haaransatz. „Weiß nicht – vielleicht.“ Aber dann: „Okay kann auch mit.“ Er schreibt was auf seinen Block, sagt: „Damit wären wir für heute voll. Also mit dem Puli.“

„Ich richte gleich die Papiere für den Zoll her“, sagt die Schüsselfrau, damit ziehen sie ab.

Ich bleibe verwirrt zurück. Was heißt mit? Und wohin mit? Und was ist mit meinem Bruder!

   Dauert nicht lang, und die Rotschopffrau kommt. Sie bindet mich und Fellbündel ohne Fell an einen Strick und zieht uns hinter sich her. Wir haben beide keine Lust auf ‘mit’. Hier gibt es wenigstens eine Schüssel für uns und einen Außenkäfig und keinen schwarzen Mann mit Stiefeln. Aber die ist stärker als wir beide zusammen.

Bevor sie mich in einen kleinen Käfig sperrt, bindet sie mir einen Stoffstreifen um, darauf steht die Nummer 7. Fellbündel ohne Fell bekommt auch eine Nummer und wird in einen Käfig gesperrt. Dann werden unsere Käfige in einen Kasten auf Rädern geschoben, der so ähnlich aussieht wie die Kästen auf Rädern, die in die Fabrik in der Nähe des Schuppens gerollt waren.

Es riecht nach Hunden und auch nach Angst. Mir gegenüber ist der Lange-Dürre und Fellbündel ohne Fell gegenüber der mit den spitzen Ohren. Als wir gucken, knurrt er und fletscht die Zähne. Da gucken wir lieber nicht mehr.

Die Rotschopffrau sagt: „Viel Glück, ihr!", schließt die Türen, und es wird ziemlich dunkel. Nur ein kleines Fenster, durch das Licht fällt.

Es rumst, es brummt, es schaukelt. Ab und zu rasen Bäume an uns vorbei, manchmal auch Hausdächer. Mich wundert schon lange nichts mehr!

Es schaukelt sehr lang. Manchmal hört es auf zu schaukeln, und der Kappenmann schaut mit einem anderen Kappenmann zu uns rein. Der andere Kappenmann zählt die Käfige, guckt kurz zu uns in die

Käfige und dann auf Papiere in seiner Hand. Als er weg ist, gießt unser Kappenmann Wasser in unsere Schüsseln. Die sind anders als die Schüsseln in der Hundefabrik. Sie sind an der Käfigtür befestigt und haben einen seltsamen Rand, der nach innen geht. Ist aber praktisch, denn da kann nichts überschwappen.

Dann schaukelt es wieder.

Es wird dunkel, es wird hell, und dann hört es plötzlich wieder auf zu schaukeln, und wir werden aus dem Kasten auf Rädern geholt und in ein Haus mit Käfigen gebracht.

Eine neue Hundefabrik, mit vielen Hunde, vielem Gebell. Und wieder einer, der mir das Maul aufreißt, auf meinem Bauch rumdrückt, in meine Ohren guckt. Danach ab in einen großen Käfig. Und wieder eine Schüsselfrau - zum Glück!

Auch hier gibt es eine Luke, durch die man nach draußen kann. Aber draußen ist kein Käfig, wie in der vorherigen Hundefabrik, sondern eine richtige Wiese. Und ein Baum. Und dann ein Zaun.

Ich gehe ein paar Schritte raus und schau nach rechts und schau nach links und denke: Das muss die Freiheit sein!

Am Zaun bleibe ich stehen, schau durch das Gitter. Dort noch mehr Bäume, noch mehr Freiheit! Häuser und viele Kästen auf Rädern, und manchmal flitzen Menschen auf Rädern vorbei.

Ich dreh mich um, und da sehe ich Fellbündel ohne Fell. Er steht auf der Wiese vor einer Luke und guckt zu mir herüber. Und dann rennt er los, zu mir her, bleibt kurz vor mir stehen, und wir gucken uns an. Wir schnüffeln, wir ducken uns, wir wedeln und rennen los.

Ich mag ihn – aber das wusste ich ja schon zuvor!

Dann kommt auch noch der Lange-Dürre dazu. Guckt auch, wedelt, schnüffelt, dreht sich paarmal um sich selbst.

Zu dritt toben wir los. Der Lange-Dürre rennt auf uns zu, aber er stoppt nicht vor uns, sondern springt über uns drüber. Ich lege mich auf den Rücken, er steht über mir. Wenn ich hochschaue, ist sein Gesicht so weit über mir, wie die Sterne oder

der Mond vom Schuppen waren. Ich bin froh, dass sie ihn nicht eingeschläfert haben. Und ich bin glücklich! Toben, spielen, rennen mit anderen Hunden, das konnte ich bisher noch nie tun.

Endlich Freiheit!

Zeit vergeht. Schüssel, schlafen, Freiheit. Es wird dunkel, es wird hell und wieder dunkel.

Manchmal denke ich an meinen Bruder. Ob er auch Freiheit hat? Und unsere Mutter – vielleicht wartet sie immer noch hinter dem Mondschuppen auf uns …

Dann kommt die Schüsselfrau mit einer anderen Frau an meinen Käfig. Sie gucken mich an, ich gucke zurück.

Die andere hat auch einen Rotschopf, aber der ist heller und kürzer als der von der Rotschopffrau aus der ersten Hundefabrik. Sie schaut freundlich, sie sagt: „Du bist ja süß!"

Die Schüsselfrau holt mich aus dem Käfig, und die andere darf mich streicheln. Das gefällt mir, lang-sam entspanne ich mich.

Die Schüsselfrau sagt zur anderen: „Das ist genau der Hund, nach dem du suchst! Sie ist gerade noch klein genug für den Fahrradkorb, sehr agil und neugierig. Die sieht so hübsch aus, die könnten wir schnell vermitteln. Doch die braucht Menschen, die mit ihr was unternehmen, bei denen sie laufen darf."

Die Frau streichelt mich wieder, und ich wundere mich sehr. Wieso hat sie nach mir gesucht? Ich kenn sie doch gar nicht!

Dann gehen die beiden weg, aber schon bald kommt die Schüsselfrau zurück. Sie legt mir ein Ding um den Körper, das nennt sie Brustgeschirr, befestigt einen Strick an dem Ding, den nennt sie Leine, und zieht mich an der Leine hinter sich her nach draußen. Aus Erfahrung weiß ich, dass Frauen stärker sind als ich. Also wehre ich mich nicht länger, sondern laufe mit.

Draußen wartet die andere Frau. Die Schüsselfrau drückt ihr die Leine in die Hand und sagt zu mir: „Das ist jetzt dein Frauli." Dann wünscht sie uns beiden viel Freude aneinander.

Ich verstehe gar nichts. Ich weiß nicht, was ein Frauli ist. Ich weiß nicht, was viel Freude aneinander ist. Ich will zu Fellbündel ohne Fell. Ich will Freiheit und den Baum auf der Wiese und den Langen-Dürren, mit dem man so schön toben kann. Und jetzt muss ich wieder einmal 'mit'!

Sie hebt mich in einen Kasten auf Rädern, aber da ist es nicht dunkel drin, denn der hat ringsum Fenster. Sie nennt das Auto. Dort macht sie mich an einem Gurt fest, steigt ein und lässt das Auto brummen.

Ich kann viel sehen. Bäume, Häuser, Kirchen und Leute rasen an mir vorbei. Auch viele Hunde an Stricken … äh, an Leinen. Und die Leinen werden von Leuten festgehalten. Frauen und Männer. Das sind vermutlich alles Fraulis.

Mein Frauli bringt mich in ein Haus. Dort macht sie die Leine los und sagt: „Das ist dein Zuhause, jetzt gehörst du zu uns.“

Im selben Moment taucht ein Mann auf. Ich checke sofort, ob er Stiefel anhat. Hat er nicht. Mein Puls beruhigt sich ein wenig, aber vorsichtshalber verstecke ich mich hinter Frauli.

„Brauchst dich nicht zu fürchten", sagt sie, „das ist dein Herrli."

Er greift nach mir. Das gefällt mir gar nicht, da verdrücke ich mich lieber.

„Sie hat schlechte Erfahrung mit Männern gemacht", sagt Frauli zu ihm. Ich wundere mich, woher sie das weiß. Ob sie den schwarzen Mann kennt?

Ich warte darauf, dass sie mich in einen Käfig sperren, aber es passiert erst mal gar nichts. Ich entdecke eine Tür aus Glas. Da kann man raussehen. Da laufe ich hin und gucke raus. Vielleicht kommt Fellbündel ohne Fell vorbei. Oder der Lange-Dürre. Ich hätte gern Freiheit und belle, aber die lassen mich nicht raus.

Frauli nimmt mich auf ihren Schoß und erzählt mir viel, was ich nicht verstehe. Aber irgendwie ist das angenehm. Zumal ihre Hand dabei über mein Fell streicht. Erinnert mich an meine Mutter und meinen Bruder, wenn die mich geputzt und meinen Bauch geleckt haben.

Herrli schaut, ich schaue Herrli. Er ist mir nicht geheuer.

Irgendwann setzt mich Frauli auf den Boden und geht davon. Ich ihr nach. Leider muss ich an Herrli vorbei. Aber der tritt nicht, zum Glück.

Zeit vergeht. Ich warte immer noch auf einen Käfig. Gucke rum, ob ich einen sehe. Gibt keinen. Vielleicht draußen, aber die lassen mich ja nicht raus.

Wieder stelle ich mich an die Glastür und schau hinaus. Draußen ist Freiheit. Kleine Wiese, Bäume, ein Bach. Auch ein Schuppen. Und Vögel, und wenn es dunkel wird, bestimmt auch ein Mond.

Wenn Frauli wohin geht, gehe ich mit. Sicher ist sicher. Herrli guckt zwar freundlich und tritt nicht, aber man weiß ja nie. Der schwarze Mann hat auch manchmal eine Schüssel fallen lassen und dann doch wieder getreten.

Frauli zeigt mir ein Kissen. Da soll ich mich drauflegen. Ich lege mich drauf und steht gleich wieder auf, weil sie weggeht. Da muss ich mit.

Muss ich mit, weil ich selbst will, nicht weil ich mit muss. Das klingt kompliziert. Ist es auch. Ich begreife, dass muss und muss nicht immer dasselbe ist.

Ich 'muss' noch viel lernen, scheint mir.

Es gibt eine Schüssel. Schmeckt anders als in der Hundefabrik, aber ist gut. Danach legen sie mir das Brustgeschirr an, hängen mich an die Leine und gehen mit mir raus.

Ich weiß nicht, was ich davon halten soll. Mein Herz pocht. Wohin jetzt wieder? Zurück in die Hundefabrik?

Wir gehen an dem Schuppen vorbei, den ich schon von der Glastür aus gesehen habe. Ich bleibe stehen und schau mich um. Zum ersten Mal kann ich hinter einen Schuppen gucken. Sieht aus wie davor, nur anders. Also davor ist Gras, dahinter auch. Aber dann noch ein paar Sträucher und ein Bach. Ich denke: „Vielleicht ist meine Mutter, als der schwarze Mann sie über das Dach geschleudert hat, in den Bach gefallen und fortgeschwommen. Darum ist sie nie mehr zurückgekommen.

„Komm", sagt Frauli und geht weiter.

Ich gehe mit. Ich kann klein und groß machen und schnüffeln und gucken. Und ein Hund kommt uns entgegengelaufen, der ist mir nicht geheuer. Rute oben, halb geduckt, auf Angriff. Ich keife gleich mal, dass er wegbleiben soll, und Frauli ruft: „Ab mit dir!", und er verzieht sich.

Einige Wochen sind inzwischen vergangen, und ich fühle mich sicher bei meinen Menschen. Sie nennen mich Perle, weil Perlen wertvoll und weiß sind, und sie sagen, dass ich auch weiß und wertvoll bin. Einen Käfig gibt es nicht. Das ganze Haus ist mein Käfig. Nachts schlafe ich in einer Box im Flur. Die ist abgeschlossen. Kann nicht raus. Will ich aber auch gar nicht. Denn wenn ich nachts runter an die Glastür gehe, um zu schauen, ob der Mond am Himmel steht, sehe ich draußen einen weißen Hund, der guckt mich an. Geh ich weg, geht er auch weg. Komm ich wieder, kommt er auch wieder. Belle ich, bellt er ebenfalls, aber so leise, dass ich es gar nicht hören kann. Erkenne ich nur, weil er sich duckt und sein Maul sich bewegt.

Der ist mir nicht geheuer!

Meine Menschen sagen, das bin ich selbst. Doch das glaube ich nicht! Meine Menschen sind bestimmt sehr klug. Sie können Schüsseln mit Fressen füllen, Bäume und Häuser rasen lassen, und Hunde in Käfige sperren. Aber hier täuschen sie sich. Denn wie kann ich draußen sein, wenn ich drinnen bin?

Doch in der Box bin ich sicher. Hier habe ich den weißen Hund noch nie gesehen! Und wenn Frauli an mir vorbeigeht, weil sie mal muss, habe ich sie genau im Blick.

Das mit Herrli hat sich auch geregelt. Der tut nix! Ich lass mir von ihm inzwischen sogar den Bauch kraulen. Und wenn er Menschenfutter kocht und ihm fällt was runter, darf ich es haben, ohne dass er nach mir tritt.

Einmal hat er Lachs auf den Esstisch gestellt, und weißes Brot und Butter dazu. Dann ist er weggegangen. Der Lachs hat verdammt gut gerochen! Ich hab auch noch nie Lachs gefressen. Also bin ich auf den Stuhl gesprungen und vom Stuhl auf den Tisch und hab Lachs und Butter gefressen. Hat super geschmeckt! Wollte grade noch weißes Brot probieren, da kam Herrli rein.

Er hat beide Arme hochgerissen und geschrien, dass ich das nicht darf, und war ganz schön wütend. Ich nichts wie ab. Runter vom Tisch und raus! Musste an ihm vorbei – aber getreten hat er trotzdem nicht.

Seitdem schieben meine Menschen die Stühle immer ganz unter den Tisch. Jetzt kann ich nicht mehr rauf.

Kein Lachs mehr.

Ich darf jetzt in den Garten. Aber sie gehen trotzdem zweimal am Tag mit mir an der Leine raus.

Morgens laufe ich mit Frauli. Die nimmt eine ganz
lange Leine, das nennt sie Schleppleine. Da hab ich
mehr Freiheit. Aber wenn sie ruft oder pfeift, muss
ich kommen. Komme ich nicht, zieht sie dran und
guckt böse. Komm ich, krieg ich Futter aus dem
Beutel.

Meistens komme ich.

Manchmal versteckt sie den Beutel auch, und ich
muss ihn suchen. Finde ich ihn, krieg ich Futter
draus.

Meistens finde ich ihn.

Oder ich muss bei Fuß gehen, oder ich muss Platz gehen und warten. Weiß nicht worauf, aber ich warte, weil ich dann was aus dem Beutel bekomme.

Bis wir zu Hause sind, bin ich satt. Eine Schüssel gibt es dann nicht mehr.

Mittags muss ich mit Frauli Klickertraining machen, da krieg ich auch immer was. Ich muss Rot oder Wuschel oder Knochen bringen – so heißen meine Spielsachen – und wenn ich das Richtige bringe, klickert es, und sie freut sich tierisch.

Manchmal bringe ich das Richtige.

Oder sie hält mir einen Strick hin und sagt: „Zieh!" Dann ziehe ich. Oder sie sagt: „Pfote", und hält mir ihre Hand hin. Dann klopfe ich mit meiner Pfote drauf und es klickert und ein Leckerli landet in meinem Maul.

Sie sagt, dass es Pudel- und Terriertage gibt. Die Pudeltage sind die, wo fast alles klappt. Die Terriertage sind die, wenn ich nicht richtig mitmache.

Am Abend geht Herrli mit mir. Fand ich anfangs nicht so toll. Wer weiß schon, ob Frauli noch da ist, wenn Herrli und ich nach Hause kommen. Aber inzwischen gehe ich auch mit ihm gern.

Die Spaziergänge mit Herrli sind entspannter. Er will auch, dass ich folge, aber er versteckt nichts und pfeift nur, wenn ich zu weit weg bin.

Wenn wir auf diesen Spaziergängen meinen Freund Levi treffen, dann geht es rund!

Levi ist so groß wie ich, aber länger. Er hat große spitze Ohren und eine Farbe, wie ein Fuchs. Doch er würde mir nie einen toten schwarzen Vogel vorhalten und dabei frech grinsen. Ich glaube, er würde sich mit mir sogar eine Schüssel teilen, aber sicher weiß ich es nicht.

Levi und ich rennen auf einer Wiese um die Wette. So schnell, dass wir glatt ein Auto abhängen würden. Glaube ich. Jedenfalls können wir viel besser Haken schlagen als ein Auto. Wenn wir so spielen, halten manchmal Radfahrer an oder Leute bleiben stehen, um uns zuzuschauen. Die finden das lustig und lachen über uns.

Aber am allerschönsten ist es, mit Frauli auf ihrem Rad loszuziehen. Das machen wir meistens mittags, nachdem meine Menschen gegessen haben.

Zuerst setzt sie mich in einen Korb auf dem Gepäckträger. Sie nennt das Sozius. So fahren wir ein Stück, bis wir aus dem Ort raus sind. Wenn mir das zu lang dauert, fange ich zu fiepen an. Das kann sie gar nicht leiden. Sie sagt, das nervt und macht sie nervös.

Nach einer Weile darf ich raus aus dem Korb. Dann hängt sie mich an einen Springer. Das ist eine kurze, leicht dehnbare Leine, die seitlich am Rad befestigt ist, etwa so lang wie der Arm von meinem Frauli. So fährt sie los, ich laufe nebenher.

Manchmal sagen Menschen, an denen wir vorbeifahren: „Der arme Hund!"

Die meinen, so am Rad zu laufen, das geht viel zu schnell für mich. Die haben ja keine Ahnung! Ich kann sehr viel schneller laufen, als mein Frauli mit dem Rad fahren kann.

Es gibt aber auch Wege, wo nie Autos fahren. Dort sind nur Wiesen oder ein Fluss. Da hängt mich

Frauli vom Springer ab – Juhuuu, und los geht es! Ich flitze, ich rase, ich fliege über Stock und Stein. Menschen glauben, Hunde können nicht lachen. Doch das stimmt nicht. Tief in mir drin lache ich in solchen Momenten, und mein Herz wird ganz weit!

Das ist Freiheit! Davon hätte ich in der Hundefabrik nicht einmal zu träumen gewagt!

Alles war so schön! Doch eines Tages passiert bei unseren Radausflügen etwas Furchtbares.

Wir sind schon fast aus dem Ort. Kleine Nebenstraße, nur ein paar vereinzelte Häuser noch. Frauli nimmt mich aus dem Korb, hängt mich an den Springer, und los geht es!

Ich laufe so schnell, dass Frauli mich ausbremsen muss. Ich bin glücklich, es geht mir prima. Da sehe ich vor mir am Straßenrand ein Verkehrsschild stehen. Stange steckt im Boden, oben auf der Stange ein Dreieck. Ich fühle Freiheit, ich denke nicht daran, dass ich am Springer hänge. Weiß nicht warum, aber gerade kurz vor dem Verkehrsschild will ich rechts dran vorbei auf die Wiese. Dabei muss Frauli doch links dran vorbei will, weil sie auf der Straße bleiben muss. Ich mache plötzlich einen Sprung nach rechts, der Springer bleibt bei voller Fahrt an der Stange hängen, und schon liegt Frauli auf der Straße. Ihr schweres E-Bike knallt auf ihr Bein, und sie schreit. Nie habe ich mein Frauli oder einen anderen Menschen so schreien gehört!

Hinter uns kommt ein Auto. Leute steigen aus. Aus einem der Häuser kommt eine Frau angelaufen. Und ein Mann mit einem ganz kleinen Kasten auf Rädern kommt dazu.

Einer sagt: „Um Gottes Willen, da muss der Sanka kommen."

Weiß nicht, was das ist. Aber vielleicht kann ein Sanka helfen, dass mein Frauli nicht mehr schreien muss. Sie telefonieren, und noch mehr Leute kommen. Alle stehen um uns rum und gucken. Ich lege mich ganz nah an mein Frauli, gucke zurück und belle so fest ich kann. Dass die ihr bloß nichts tun!

Dann kommt ein Kasten auf Rädern. So ähnlich wie der, der mich in eine Hundefabrik gebracht hat. Nur weiß mit Rot drauf. Und ein Polizeiauto kommt auch.

Mein Frauli sagt zu einer Frau, dass ich nur belle, aber ganz brav bin und dass sie mich bitte zu sich nehmen und mein Herrli anrufen soll, damit er mich abholen kommt. Die nimmt mich auf ihren Arm, und ich gucke mein Frauli an. Ich zittere, mein Herz rast.

Ich habe Angst!

Nur ein paar Minuten später kommt ein Ding aus der Luft, das Wind und Krach macht. Es landet auf der Straße, und ein Mann steigt aus, der schaut sich das Bein von meinem Frauli an. Ein anderer, der einfach nur zusieht, sagt: „Das Bein ist durch, das hängt ja nur noch am Fleisch." Ich bin noch mehr verwirrt, denn ich wusste gar nicht, dass mein Frauli Fleisch am Bein hat.

Mein Frauli erklärt einer Polizistin, wo wir wohnen und wie unsere Telefonnummer lautet. Und dann bittet sie die Frau, auf deren Arm ich sitze, noch einmal, dass sie mich mitnehmen und auf mich auf- passen soll. Inzwischen haben zwei Männer mein Frauli auf ein Gestell gelegt. Jetzt schieben sie das Gestell mit meinem Frauli in den Kasten auf Rädern. Und ich darf nicht mit! Und die machen die Tür zu und fahren mit meinem Frauli davon! Ich will nach- laufen, doch die Frau hält mich fest, und ich denke:

„Vielleicht bringen die mein Frauli jetzt in eine
Menschenfabrik und sperren sie dort in einen Käfig.“

Ich bin verzweifelt.

Die Frau, nimmt mich mit in ihr Haus und ruft mein
Herrli an. Schon bald kommt er, um mich abzuho-
len. Noch nie war ich so froh, mein Herrli zu sehen!
Ich würde ihm so gern erzählten, dass der Kasten
auf Rädern unser Frauli mitgenommen hat. Ver-
schlungen, und weg mit ihr! Vielleicht in eine Menschenfabrik. Und dort in einen Käfig und keine
Schüssel, und ein weißes Ding um den Kopf. Doch
Hunde können Menschen nichts erzählen.

Zu Hause lege ich mich vor die Tür, durch die Frauli
gewöhnlich weggeht oder wiederkommt. Die ist
zwar aus Glas, aber man kann nicht durchsehen,
weil das Glas weiß ist. Nur unten und an den beiden
Seiten ist ein durchsichtiger Glasstreifen, gerade
breit genug, dass ich beobachten kann, wer draußen vorbeigeht. Davor liege ich also und warte darauf, dass mein Frauli zurückkommt.

Kommt aber nicht.

Mein Herrli sagt, ich soll was fressen. Ich mag nicht. Er trägt mich zur Schüssel, ich gehe zur Tür zurück.

Später nimmt er mich an die Leine, wir gehen raus. Doch ich möchte lieber zu Hause bleiben, falls Frauli kommt.

Es wird Nacht, es wird Tag. Ich fresse ein bisschen, wir gehen raus, kommen nach Hause, ich lege mich vor die Tür. So bleibt das viele Tage lang.

Manchmal mopse ich mir einen Schuh von Frauli aus dem Schuhschrank. Der hat nur einen Vorhang, da komme ich leicht dran. Ich lege ihn vor mich und meinen Kopf drauf, dann ist es ein bisschen so, als ob sie bei mir wäre.

Wenn ich Levi treffe, vergesse ich meinen Kummer für kurze Zeit. Oder wenn Herrli mir den Bauch krault. Das kann er gut, und ich mag ihn inzwischen sehr. Trotzdem vermisse ich mein Frauli. Und das Jagen mit ihr auf dem Fahrrad. Und das Klickertraining. Sie darf auch gerne mein Futter wieder verstecken, Hauptsache, sie kommt zurück.

So wurde es vielmals Tag und Nacht. Inzwischen liege ich auf der kleinen Bank, die bei der Tür steht. Vor dort habe ich alles gut im Blick. Ob Frauli wiederkommt, was Herrli tut. Oder ich laufe hinter Herrli her. In den Garten, in den Keller, rauf ins Büro.

Manchmal muss ich auch allein zu Hause bleiben. Dann lege ich mich sicherheitshalber wieder direkt vor die Tür an den durchsichtigen Streifen. So wie jetzt. Liege da und denke über alles nach. Was sein würde, wenn auch Herrli nicht mehr käme. Ob Frauli in einer Menschenfabrik in einem Käfig liegt. Oder ob ein schwarzer Mann mit Stiefeln nach ihr tritt. Oder ob einer sie über einen Schuppen schleudert, dann käme sie garantiert nie mehr zurück!

Da fährt unser Auto vor. Ich erkenne es, denn es ist knallrot. Meistens stellt Herrli es in der Garage ab, aber heute hält er direkt vor der Tür.

Und dann sehe ich mein Frauli!

Herrli hat sie aus dem Auto gezogen, jetzt steht sie da, stützt sich auf zwei Stöcke und guckt zu mir her. Ich kann nicht anders, ich jaule vor lauter Glück auf und springe an der Tür hoch. Ich mache eine halbe Schraube rückwärts, wieder zurück an die Tür, und lauthals bellen.

Mein Frauli! Endlich wieder da! Mein Herrli hat sie aus der Menschenfabrik befreit und zurückgebracht!

Herrli öffnet die Tür, und bevor ich rauswischen kann, packt er mich, hebt mich hoch. Dann kommt Frauli rein. Ich zapple auf Herrlis Arm, würde so gern zu ihr rüber, darf aber nicht. Erst setzt sie sich im Wohnzimmer aufs Sofa, dann setzt Herrli mich auf ihren Schoß.

Ich lecke ihr übers Gesicht. Ich lecke ihr in die Ohren. Sie lacht. Sie ruft 'Hilfe'!

Frauli ist wieder da!

Am Abend sitzen wir im Garten auf einer Bank.
Frauli links, Herrli rechts, ich in der Mitte. Sitzen
einfach nur da und gucken zum Schuppen hinüber.

Bald geht dahinter der Mond auf. Er ist fast rund
und wandert nach rechts rüber. Da steht ein Kasta-
nienbaum. Der Mond zwängt sich durch sein Geäst,
steigt weiter auf und wandert ganz langsam zu den
Bergen hinüber. Kurz denke ich darüber nach, dass
er auf seinem Weg wohl auch an dem Zwinger vor-
beikommt, in dem ich mit unserer Mutter und meinem Bruder gelebt habe. Und dann hinter der Fabrik verschwindet. Und dass der schwarze Mann unsere Mutter über den Schuppen geschleudert hat.
Vielleicht in einen Bach, und sie ist fortgeschwommen.

Ich denke: „Vielleicht hat sie jetzt Freiheit, so wie
ich. Und mein Bruder auch."

Dann fühle ich Fraulis Hand, die mich hinterm Ohr
krault, und Herrlis Hand auf meinem Rücken und
bin einfach nur glücklich.

Friedchen, Ossi und Frau Janusch

Es war eine klirrendkalte Nacht. Der Schnee knirschte unter Anjas Füßen, und ihr Atem fror beinahe an ihrer Nase fest. Zu kalt eigentlich, um rauszugehen, aber Ossi musste seine Runde drehen. Schnüffelnd lief er hin und her, hob mal hier das Bein, grub mal dort ein Loch und lief wieder weiter.

Je näher sie dem Haus an der Gartenstraße Nummer 3 kamen, desto aufgeregter wurde er. Dort lebte eine alte Dame mit ihrer Pudelhündin. Die alte Dame hieß Frau Janusch, die Hündin Friedchen.

Frau Janusch war klein, zierlich und immer ordentlich gekleidet, ihre silbergrauen Haare trug sie aufgesteckt. Friedchen hingegen hatte wirre hellbraune Löckchen und ein süßes, freches Grinsen im

Gesicht, das Ossi offensichtlich gut gefiel, denn wenn Frau Janusch und Friedchen am Gartenzaun auf ihr Vorbeikommen warteten, dann begrüßte er die Hündin winselnd und küsste sie und leckte ihr die Ohren.

Friedchen nahm Ossis Liebesbezeugungen gelassen hin. Auch wenn sie nicht so ordentlich frisiert war, wie ihr Frauchen, so war sie doch ganz Dame. Sich einem Kerl schamlos an den Pelz zu werfen, kam ihr nicht in den Sinn.

Als Anja und Ossi heute Nacht um die Ecke bogen, stand Friedchen wie immer am Zaun, doch von Frau Janusch war weit und breit nichts zu sehen.

„Nanu?" Anja griff durch die Latten, um Friedchen zu kraulen. „Wo hast du denn dein Frauchen gelassen?"

Friedchen lief ein paar Meter in den Garten, jaulte leise, kam zurück. Sonst die Gelassenheit in Hundeperson, wirkte sie heute aufgeregt und ungeduldig.

„Frau Janusch!", rief Anja über den Zaun, aber nichts rührte sich.

Friedchen fing an zu bellen.

„Frau Jaaanusch!"

Im Haus brannte Licht. Anja erinnerte sich, dass Frau Janusch zwei Tage vor Heiligabend erzählt hatte, dass ihr Sohn, ihre Schwiegertochter und ihr Enkel für ein paar Tage zu Besuch kommen wollten, doch dann hatten sie wohl abgesagt, denn an Weihnachten stand Frau Janusch wie immer allein am Gartenzaun. Vielleicht waren sie ja jetzt gekommen? Vielleicht saßen sie alle zusammen fröhlich bei Tisch und hatten den Hund im Garten vergessen?

„Frau Janusch!"

Anja drückte gegen das Tor, es sprang ohne weiteres auf. Sie betrat das Grundstück und folgte Friedchen. An der Haustür klingelte sie mehrmals, doch es wurde nicht geöffnet.

„Seltsam …"

Friedchen verschwand plötzlich im Dunklen. Anja ging ihrer Spur nach und fand sie auf der Terrasse. Hier stand die Tür einen Spaltbreit offen. Und dann entdeckte sie Frau Janusch - leise wimmernd lag sie auf dem Boden.

„Herrje, Frau Janusch!" Anja kniete neben ihr nieder.

„Bin gestürzt. Kann nicht mehr aufstehen." Frau Januschs Stimme klang dünn und ängstlich. „Es tut so weh!"

Anja sah sich nach dem Telefon um. „Ich rufe den Krankenwagen."

„Den Krankenwagen, ach nein, ich will nicht ins Krankenhaus. Vielleicht kommen sie ja doch noch, mein Sohn, Sonja und Christian! Zu Weihnachten wollten sie schon kommen und heute wieder. Aber sie haben mich vergessen. Sie lassen mich allein, immer lassen sie mich allein …" Tränen traten in ihre Augen, sie versuchte aufzustehen.

„Sie müssen liegen bleiben, Frau Janusch. Ich bringe Ihnen eine Decke und ein Kissen."

Anja deckte die alte Dame zu, dann rief sie den Notarzt.

„Moritz müssen Sie auch anrufen", wimmerte Frau Janusch.

„Wer ist Moritz?"

„Mein Sohn."

Anja suchte in Frau Januschs Adressbuch, fand eine Handynummer notiert und rot unterstrichen, hinter der der Name Moritz Janusch stand. Sie wählte die Nummer, aber es meldete sich nur die Mailbox.

Endlich kam der Notarzt.

„Vermutlich ein Oberschenkelhalsbruch. Wir bringen sie ins Städtische. Sind Sie die Tochter?"

„Nein, ich wohne hier in der Straße, ich kenne Frau Janusch kaum. Sie scheint einen Sohn zu haben. Ich konnte ihn noch nicht erreichen, aber ich kümmere mich darum."

Anja rief Moritz Janusch noch einmal an und sprach auf die Mailbox: „Ihre Mutter ist gestürzt und hat einen komplizierten Bruch. Sie liegt im Städtischen."

Am nächsten Nachmittag fuhr Anja ins Krankenhaus. „Na, endlich kümmert sich jemand um Frau
Janusch!" Die Schwester sah Anja ärgerlich an.

„Wieso? War ihr Sohn noch nicht hier?"

„Niemand war hier, aber sie spricht ständig von einem Moritz, und dass er sie alleingelassen hat, und
dass sie sich um Friedchen sorgt. Sind Sie Friedchen?"

„Nein, das ist ihr Hund. Ich habe ihn mit zu mir genommen."

Anja betrat das Krankenzimmer. Die alte Dame
wirkte verwirrt. „Friedchen muss in den Garten gelassen werden! Moritz soll das Haus nicht verkaufen!", sagte sie.

„Friedchen ist bei mir, Frau Janusch, sorgen Sie sich
nicht."

„Aber wenn Moritz das Haus verkauft, dann muss
ich zu meinem Mann auf den Friedhof ziehen."

„Ganz ruhig, Frau Janusch, das wird nicht passie-
ren."

Auf dem Nachhauseweg fuhr Anja bei Frau Janusch vorbei, suchte nach dem Adressbuch und rief noch einmal diesen Moritz an. Es war wieder nur die Mailbox dran. „Zum Teufel!", zischte sie. „Warum kümmert er sich denn nicht um seine Mutter!"

Am Silvestermorgen besuchte Anja Frau Janusch noch einmal im Krankenhaus. Diesmal saß ein Mann an ihrem Bett, der etwa in Anjas Alter war. Als sie ins Zimmer trat, stand er auf und stellte sich vor. „Moritz Janusch, ich bin ..."

Weiter kam er nicht, denn Anja fiel über ihn her, wie eine wildgewordene Katze. „Der Sohn, ja, ich weiß! Wird aber auch Zeit, dass Sie sich endlich mal um Ihre Mutter kümmern! Weihnachten sind Sie nicht gekommen, obwohl Sie es doch versprochen hatten, das Haus wollen Sie einfach verkaufen, und wenn die alte Dame mal krank ist und Ihre Hilfe braucht, dann scheren Sie sich einen Teufel darum. Wissen Sie, solche Leute habe ich dick bis oben hin!"

„Ach - und ich kann Menschen wie Sie nicht leiden, die ohne nachzufragen über andere urteilen und blindlings um sich schlagen!"

Anja schnappte nach Luft. „Das ist also der Dank dafür, dass ich mich vier Tage um Ihre Mutter gekümmert habe, obwohl ich sie kaum kenne, und darüber hinaus für Friedchen sorge?"

Die Krankenschwester betrat das Zimmer. „Also, ich bitte Sie! Dies ist ein Krankenhaus, hier wird nicht herumgeschrien!"

Anja bedachte Moritz Janusch mit einem Messerscharfen Blick, machte auf dem Absatz kehrt und ging.

Eigentlich wollte Anja Silvester bei Freunden feiern, aber die Lust zum Feiern war ihr vergangen. Außerdem hatte sie immer noch Friedchen zu Besuch. Zwar nahm Ossi das Geknalle an Silvester einigermaßen gelassen hin, aber sie wusste nicht, wie Friedchen sich verhalten würde. Allein lassen konnte sie die Hunde deshalb nicht. Also sagte sie ab, kaufte eine Flasche Sekt und zwei große Kauknochen und richtete sich darauf ein, mit zweimal vier Pfoten zu feiern.

Gegen zweiundzwanzig Uhr drehte sie mit Ossi und Friedchen die übliche Runde, die sie auch an Frau Januschs Haus vorbeiführte.

Zu ihrem Erstaunen brannte im Wohnzimmer Licht. Vermutlich war Moritz da - obwohl sich Anja das eigentlich nicht vorstellen konnte. Einer wie der hatte

Silvester bestimmt etwas Besseres vor, als das Haus seiner alten Mutter zu hüten. Doch vielleicht nutzte er ja auch die Gelegenheit, und räumte schon mal aus, was zu verscherbeln war.

Schon wieder kochte die Wut in ihr hoch. Sie verspürte plötzlich eine unbändige Lust, sich mit diesem Moritz anzulegen! „Wir klingeln", sagte sie zu den Hunden und drückte auch schon auf den Knopf.

Als Moritz erschien, vollführte Friedchen einen wahren Freudentanz. „Verräterin!", zischte Anja.

Sie ließ sie von der Leine. Friedchen drehte Saltos in der Luft und überschlug sich förmlich.

„Ah, der Kratzbesen!", begrüßte Moritz Anja.

Sie sah ihn giftig an. „Wollte mich nur vergewissern, dass kein Fremder das Haus ausräumt. Bei Ihnen kann ich ja leider nichts dagegen tun."

„Wie kommen Sie darauf, ich würde Lenas Haus ausräumen?"

„Sie jedenfalls befürchtet es - na ja, wenn Sie schon mal hier sind, dann kann ich wohl Friedchen bei

Ihnen lassen. Oder wollen Sie sich um den Hund auch nicht kümmern?"

Moritz klappte den Mund auf und wieder zu. Er nahm Anja die Leine aus der Hand und schlug die Gartentür zu.

Als Anja mit Ossi weiterging, jammerte Friedchen hinter dem Zaun, und auch Ossi winselte.

Anja seufzte. „Ist besser, ihr gewöhnt euch nicht zu sehr aneinander." Bald würde ihr Urlaub zu Ende sein, und zwei Hunde konnte sie ohnehin nicht mit zur Arbeit nehmen.

Wieder zu Hause, richtete sie sich eine Platte mit Oliven, Käse und anderen Leckereien und holte den Sekt aus dem Kühlschrank. War zwar noch gut eine Stunde bis zwölf, aber allein würde sie für die ganze Flasche auch eine Weile brauchen! Und sie war fest entschlossen, die Flasche auszutrinken, eine ange-brochene Flasche bedeutetet Unglück im Neuen Jahr.

Sie setzte sich mit Ossi aufs Sofa, schaltete das Fernsehgerät ein und zappte ein wenig. Irgendwo kam Dinner for one, aber diesmal konnte sie gar nicht darüber lachen. Im Gegenteil, immerzu hatte sie Frau Janusch vor Augen und stellte sich vor, wie dieser Unhold von Sohn seine Mutter womöglich schon bald in ein Pflegeheim abschob, um sich in aller Ruhe über ihre Sachen hermachen zu können. Dabei sah er doch eigentlich recht sympathisch aus. Typ großer Junge mit großem Herzen. Doch das war nichts als Fassade!

Sie schob sich gerade ein Scheibchen Parmaschinken in den Mund, als es klingelte. Vor Staunen vergaß sie zu kauen. Sie stand auf, ging zur Tür, um sie einen Spalt breit zu öffnen zu öffnen.

„Sie?" Mit Moritz Janusch hatte sie nun wirklich nicht gerechnet.

„Ich habe Licht gesehen, hoffentlich störe ich nicht."

„Doch, tun Sie!"

Er lächelte ergeben und hielt eine Flasche Sekt hoch. „Ich wollte Ihnen ein Friedensangebot machen!"

„Tut mir leid, aber ich habe kein Interesse."

Er biss die Zähne zusammen und zählte offenbar bis zehn, bevor er antwortete: „Dann haben Sie wenigstens Mitleid mit Friedchen - sie jammert in einem fort, sie scheint Liebeskummer zu haben." Wie um es zu beweisen, ließ er sie von der Leine. Ab war sie, in Anjas Wohnung, wo sie mit Ossi Purzelbäume schlug.

Anja seufzte. „Also gut, kommen Sie rein." Sie ging voraus ins Wohnzimmer, bot Moritz Platz an, holte ein zweites Glas und goss ein. „Bitte, bedienen Sie sich. Anstoßen möchte ich lieber nicht mit Ihnen."

„Sind Sie eigentlich immer so ..." - so zickig wollte er sagen, schluckte es jedoch runter.

„So wie?"

„So voller Vorurteile. Ich möchte Ihnen etwas erklären."

„Ach, lassen Sie doch!"

„Nein, ich bestehe darauf. Ein paar Minuten zuhören kann nicht zu viel verlangt sein!" Seine Augen blitzten.

„Lena ist nicht meine Mutter", sagte er, nachdem er tief Luft geholt hatte, „sie ist meine Großtante. Ihr Sohn, Moritz Janusch, war mein Patenonkel, darum tragen wir denselben Namen. Er starb vor fünfzehn Jahren bei einem Autounfall. Seine Frau und sein Sohn Christian sind zwei Jahre später nach Australien ausgewandert und haben sich nie wieder gemeldet."

Moritz beobachtete mit Genugtuung, wie sich steile Falten auf Anjas Gesicht zeigten. Nun begriff sie wohl endlich, wie ungerecht sie sich ihm gegenüber verhalten hatte.

„Lena hat das alles nur schwer verkraftet", fuhr er fort. „Vor etwa zwei Jahren fing sie an, dement zu werden. Ich habe mich um sie gekümmert, so gut es ging. Aber es wird immer schlimmer mit ihr, und wie man sieht, kann man sie in dem großen Haus nicht mehr alleinlassen. Ich weiß nicht, was Lena Ihnen erzählt hat, aber vermutlich hat es wenig mit der Realität zu tun. Sie lebt in ihrer eigenen Welt und erfindet Geschichten, an die sie glaubt."

Anja sah beschämt zu Boden. „Oje, da habe ich Ihnen ja wirklich Unrecht getan!"

„Ja, das haben Sie. Sie sind eine richtig Furie und verdammt selbstgerecht!" Er schmunzelte, als sie rot wurde und kam wieder auf Frau Janusch zurück. „Weil man sich ja um Lena kümmern muss, habe ich nach ihrer Schwiegertochter und ihrem Enkelsohn gesucht. Ich besitze keine Vollmachten, wie soll ich Lena da helfen? Letzte Woche fand ich endlich heraus, wo Sonja und Christian wohnen. In East Kimberley, in einem Ort namens Kununurra. Ich rief an, doch sie wollten nicht mit mir reden. Also beschloss ich, sie aufzusuchen. Ich flog nach Australien, und dort war ich immer noch, als mich Ihr Anruf erreichte." Er seufzte. „Vielleicht verstehen Sie jetzt, warum ich nicht postwendend hier sein konnte. Und benachrichtigen konnte ich Sie auch nicht, weil ich nicht wusste, wie Sie heißen und wo Sie wohnen. Das habe ich heute erst von Lena erfahren, als sie einen lichten Moment hatte und sich an Ihren Namen erinnerte."

„Hm", machte Anja und schluckte an dem Kloß in ihrem Hals. „Es war wirklich dumm und gemein von mir, so über Sie herzufallen."

Moritz lächelte. „Gut, dass Sie es einsehen - vielleicht sind Sie jetzt doch bereit, mit mir anzustoßen? Und mir zu verzeihen?"

„Wenn Sie mir auch verzeihen", sagte Anja. Sie hob ihr Glas. „Und was wird nun aus Frau Janusch?"

„Sonja gab mir alle Vollmachten. Von einem Notar unterschrieben und beglaubigt. Sie und ihren Sohn verbindet nichts mehr mit Deutschland. Sie verzichten auf ihr Erbe, wenn ich mich im Gegenzug um Lena kümmere. Ich werde bei Lena einziehen, so spare ich mir die Miete. Zusammen mit Lenas Rente wird das Geld für eine Haushälterin reichen, die für Lena sorgt, wenn ich zur Arbeit bin."

„Das ist eine gute Lösung." Anja goss den Rest aus der Flasche in die Gläser. „In einer Minute ist es zwölf", sagte sie mit Blick auf die Uhr. „Kommen Sie, wir gehen nach draußen!"

Als sie auf dem Balkon standen, knallten schon die ersten Feuerwerkskörper und versprühten ihr Licht am Himmel. Anja und Moritz stießen an. „Auf ein gutes Neues Jahr!"

„Bestimmt wird es gut werden, in so reizender Nachbarschaft", sagte Moritz, und da war so ein Blitzen in seinen schönen dunklen Augen.

Sie lachte. „Eben noch nannten Sie mich Furie!"

„Och", antwortete er, „wer weiß, vielleicht mag ich solche Kratzbürsten ja."

Eine Reihe von Böllerschüssen war zu hören. Drinnen im Wohnzimmer jaulte Friedchen vor Angst. Anja und Moritz setzten sich aufs Sofa, nahmen sie zwischen sich, streichelten sie und hielten sie fest.

Wie zufällig griff Moritz dabei nach Anjas Hand. „Und morgen besuchen wir Lena", sagte er.

Ein Hund fürs Herz

Das laute Surren des Weckers bohrte sich schmerzhaft in Susannas Gehirn. Sie öffnete die Augen, schloss sie aber gleich wieder. Das gleißende Licht, das durchs Fenster fiel, war noch viel schlimmer als dieses schreckliche Geräusch.

Ganz langsam kam die Erinnerung zurück. Gestern hatte sie Geburtstag gehabt. 41 Jahre war sie jetzt alt. Sie hatte drei Platten mit Häppchen vorbereitete, Sekt kaltgestellt und auf den üblichen 'Überraschungsbesuch' gewartet. In ihrem Bekanntenkreis lud man nicht ein, da kam man einfach. Doch diesmal schien sie von allen vergessen worden zu sein.

Am frühen Abend tauchte dann doch noch ihre Schwester Lydia auf, stellte eine Kiste Rotwein auf den Tisch, schüttete eilig ein halbes Glas Sekt in sich

hinein und flötete: „Tut mir leid Schwesterherz,
aber ich habe noch einen dringenden Termin!"
Küsschen-Küsschen, und weg war sie auch schon
wieder.

Michaela, ihre Tochter, die seit ein paar Wochen in
ihrer eigenen kleinen Wohnung am Hauptmarkt
lebte, erschien nach der Tagesschau.

„Hallo Mom, altes Haus! Gratuliere!" Sie über-
reichte ihr ein Päckchen, in dem sich eine Flasche
Kölnisch Wasser befand. Kölnisch Wasser! Ihr ganzes Leben lang hatte Susanna kein Kölnisch benutzt!

„Na was ist - gefällt dir mein Geschenk etwa nicht?"
Michaela sah sie beleidigt an.

„Nein. Kölnisch Wasser ist was für alte Tanten. Ich
nehme Tresor oder Jil Sander."

„Aber du bist doch jetzt schon 41!" Ein mitleidiger
Blick ihrer achtzehnjährigen Tochter sagte mehr als
alle Worte sagen konnten. Schließlich seufzte Töch-
terchen und meinte mit einer Handbewegung, als
ob sie Hühner verscheuchen wollte: „Na egal, dann
verschenkst du es halt an eine deiner Freundinnen
weiter!" In Eile schob sie sich ein paar Häppchen in

den Mund, packte noch ein Stücke Kuchen ein,
dann machte sie sich wieder aus dem Staub.

Danach war niemand mehr gekommen. Susanna
hatte lustlos ein paar von den Häppchen gegessen
und den angebrochenen Sekt ganz allein geleert,
obwohl sie sonst keinen Alkohol trank. Die Strafe
war ein ausgewachsener Kater, mit dem sie sich
nun herumschlagen musste.

Sie quälte sich aus dem Bett und ging ins Bad. Aus
dem Spiegel blickte ihr ein Schreckgespenst entgegen. Blass mit Ringen unter den Augen, die dunkel-
blonden Haare standen wie ein Besen von ihrem
Kopf ab.

„Gott, bist du hässlich!", schnauzte sie ihr Spiegel-
bild an. „Kein Wunder, dass alle dich vergessen haben!" Sie schmierte sich Zahnpasta um den Mund
und streckte sich die Zunge raus.

Später, am Frühstückstisch, packte sie das heulende
Elend. Seit vier Jahren geschieden, und weit und
breit keine neue Liebe in Sicht. Die meisten ihrer
Bekannten hatten sich auf die Seite ihres Exmannes
geschlagen - als ob eine Scheidung bedeutete, dass
man sich auch gleich von den Freunden scheiden

lassen musste! Und ihre eigene Tochter tat, als sei sie bereits scheintot. Susanna seufzte. Vielleicht hatte Michaela ja recht, vielleicht wurde es langsam Zeit, dass sie von Tresor zu Kölnisch Wasser wechselte und sich die Flausen aus dem Kopf schlug! Von wegen 'mit 40 fängt das Leben doch erst so richtig an' - bei ihr nicht!

In der Straßenbahn, mit der sie wie jeden Morgen ins Büro fuhr, las sie die Zeitung. Sie überflog die täglichen Schreckensmeldungen von Krieg, Klimakrise und Hungersnot und blieb an einem Aufruf des Städtischen Tierheims hängen.

Suchen Leute mit Herz für Tiere!, lautete die Schlagzeile. Und dann: Weit über zweihundert herrenlose Tiere suchen ein neues Zuhause! Wenn Sie ein Herz für Tiere haben, unterstützen Sie uns mit einer Spende oder adoptieren Sie einen Hund, eine Katze oder ein Kaninchen. Gerne geben wir unsere Tiere auch gegen eine Schutzgebühr in gute Hände ab.

„Gute Hände", dachte Susanna und ließ die Zeitung auf ihren Schoß sinken. „Vielleicht sollte sie auch mal eine Annonce aufgeben: Frau in gute Hände abzugeben! Sie lachte laut über diesen Gedanken. Der alte Mann, der neben ihr saß, sah sie neugierig an, die Frau von gegenüber schüttelte den Kopf.

Susanna las noch das Horoskop, das auch nichts Gutes versprach, faltete schließlich die Zeitung zusammen und steckte sie in ihre Tasche. Und dann machte sich plötzlich dieser Gedanke in ihr breit - ein Hund, das wäre doch etwas für sie! Hunde waren anhänglich und treu, denen war es egal, wie alt oder hässlich, dick oder dünn, arm oder reich oder sonst was 'ihr Mensch' war. Hauptsache, er hatte etwas Futter und ein paar Streicheleinheiten für sie über.

Am Nachmittag fuhr sie ins Tierheim. Nur mal so, nur mal zum Gucken.

„Wozu brauchen Sie denn einen Hund?", fragte die Tierpflegerin, und es klang gar nicht freundlich.

„Wie meinen Sie das? Aufessen will ich ihn jedenfalls nicht!"

Den Witz fand die Frau gar nicht komisch. Sie deutete auf einen semmelblonden Retriever. „Die Rasse ist heutzutage modern, mit dem können Sie angeben."

„Also hören Sie, ich will nicht angeben mit einem Hund, ich will ihn lieben und streicheln; einen Freund will ich haben."

„Ja, das sagen sie alle!" Die Tierpflegerin lachte bitter, offensichtlich war sie frustriert, was Menschen betraf. „Und dann bringen sie ihn zurück, sobald er das erste Mal laut bellt oder vor lauter Aufregung in die piekfeine Wohnung pinkelt. Aber nun ja, wenn Sie wirklich nur einen guten Freund wollen, dann nehmen Sie doch den!" Sie deutete auf einen Rüden, der in der hintersten Ecke seines Zwingers saß und die Besucherin traurig musterte.

„Warum ist er denn so still? Fehlt ihm etwas?", fragte Susanna, denn ihr fiel auf, dass er nicht wedelte oder kläffte wie die meisten anderen Hunde.

„Ne, der weiß nur, dass ihn doch keiner mitnimmt."

„Wieso nimmt ihn denn keiner mit?", ließ Susanna nicht locker.

„Weil er viel zu hässlich ist!"

Diese Bemerkung traf sie mitten ins Herz. Sie hatte Tränen in den Augen, als sie vor seinem Zwinger in die Hocke ging. „Na du, komm doch mal her." Sie steckte einen Finger durchs Gitter. Zögernd kam er näher, schnüffelte daran. „Wie es scheint, haben wir einiges gemein", sagte sie. „Mich mag auch keiner mehr! Na ja, schön bist du wirklich nicht, fast doppelt so lange wie hoch, und dann dieses schmutziggraue, struppige Fell - aber weißt du, das interessiert mich einen Pfifferling!"

Als ob er ihre Worte verstanden hätte, fing er plötzlich an zu wedeln - nicht nur mit dem Schwanz, gleich mit dem ganzen, langen Hinterteil.

„Bemühen Sie sich nicht, den Hund kriegen Sie sowieso nicht", sagte die Pflegerin.

„Aber warum denn nicht?" Susanna sah sie empört an.

„Weil er schon zweimal zurückgebracht wurde. Ein drittes Mal kann man ihm das nicht mehr antun. Wissen Sie, Hunde haben auch eine Seele!"

„Eben. Und darum hol ich ihn hier raus!"

Die Pflegerin ließ sich schließlich doch noch überreden. „Aber das Eine sage ich Ihnen: Wenn Sie Olaf nicht anständig behandeln, bekommen Sie es mit mir zu tun!"

„Keine Sorge." Susanna nahm ihn auf den Arm und streichelte zärtlich über sein Fell. „Er wird es ganz bestimmt gut haben bei mir."

Michaela warf ihre Lederjacke über den Stuhl und starrte Olaf an. „Was ist daaaas denn?!" Sie brach in Gelächter aus.

„Dumme Frage, ein Hund - mein Hund! Ich habe ihn aus dem Tierheim geholt."

Michaela ging in die Knie und streichelte ihn. „Hättest du denn keinen schöneren bekommen können?", fragte sie über die Schulter zurück.

Susanna sah sie ärgerlich an. „Warum muss er schön sein? Er ist lieb, er ist treu, er braucht mich und ist für mich da! Im Gegensatz zu dir."

Michaela boxte Olaf zärtlich. „Warum bist du denn schon wieder so schlecht gelaunt", sagte sie dabei zu ihrer Mutter. „War ja nicht ernst gemeint - gell, du! Wie heißt du denn?"

„Olaf", gab Susanna Auskunft.

Als er seinen Namen hörte, legte er sich mit der Brust auf den Boden, streckte sein Hinterteil in die Luft und wedelte damit. Dazu knurrte er freundlich und bellte zweimal kurz. „Siehst du, er hat mich verstanden", behauptete Michaela.

„Und wie machst du das jetzt mit Olaf? Kann er denn den ganzen Tag allein zu Hause bleiben?"

„Ich nehme ihn mit ins Büro. Er stört ja niemanden. Und mittags gehen wir in den Park."

Michaela grinste. „Eine alte Frau mit Hund, die im Park Enten füttert ... fehlt nur noch, dass ich dir endlich deine heißersehnten Enkelkinder schenken soll!"

Susanna griff sich den alten Latschen, mit dem Olaf spielen durfte, und warf ihn nach ihrer Tochter! „Glaub bloß nicht, du bist schon zu alt, als dass ich dir den Hintern versohlen könnte!", rief sie im selben Ton. „Wenn du so frech bist, habe ich da keine Hemmungen, du Rotzlöffel!"

Egal, wo sie mit Olaf hinkam, die Reaktionen waren immer dieselben - man rümpfte die Nase über sein Aussehen oder brach in Gelächter aus.

„Na, einen Schönheitswettbewerb gewinnst du mit dem Köter bestimmt nicht", sagte ihre Schwester Lydia, die selbst einen reinrassigen Yorkshire-Terrier mit seidigem Haar besaß, und ihre Kolleginnen meinten: „Stell ihn auf Stelzen, und aus der Wurst wird vielleicht doch noch ein Hund!"

Olaf war knapp drei Wochen bei ihr, als sie Konstantin kennenlernten. Wie immer gingen sie mittags im Park spazieren. Olaf schnüffelte an jedem Baum und an jedem Pfosten, und sie selbst trottete gemütlich hinter ihm her und ließ sich dabei die Sonne ins Gesicht scheinen.

Schon von Weitem sah sie den Mann auf der Bank am Teich sitzen, in einem Buch lesen und nebenbei einen Apfel essen. Als sie nur noch ein paar Meter von ihm entfernt war, blickte er plötzlich auf, und als er Olaf sah, stutzte er zuerst, und dann rief er: „Ja sag einmal, was bist du denn für ein Hübscher!"

Olaf schien seine Worte genau zu verstehen, denn er fing sofort an zu wedeln und zu bellen und quittierte das Kompliment mit leidenschaftlichem Handablecken.

„Aus, Olaf!" Susanna und zog ihn an der Leine zurück.

„Aber lassen Sie ihn doch - offensichtlich will er mich in sein Rudel aufnehmen!" Der Mann lächelte und sah das Frauchen, das zum Hund gehörte, neugierig an.

Er hatte tiefblaue Augen unter buschigen Brauen und ein freundliches rundes Gesicht. Ohne Zweifel sah er gut aus, aber was ihn so anziehend wirken ließ war vor allem dieses liebevolle, warme Lächeln.

Er beugte sich wieder zu Olaf und kraulte ihn hinter den Ohren. Der Hund ließ sich das gerne gefallen und schmiegte sich an den Mann, als ginge es um sein Leben.

„Wissen Sie, ich hatte auch mal so einen", sagte Konstantin. Dieselbe außergewöhnliche Farbe, dasselbe hübsche Gesicht. Ein bisschen zu lang geraten, ja das war auch mein Wuschel, aber vom Charakter her bestimmt der beste Hund, den ich jemals hatte! Als ich mal für drei Wochen ins Krankenhaus musste, da saß er zu Hause ununterbrochen am Fenster im Flur und starrte auf die Straße, in Erwartung, dass ich endlich wiederkäme. Und später, als meine Frau mich verließ, weil es einen anderen Mann in ihrem Leben gab, da war Wuschel für lange Zeit mein einziger und bester Freund.“

„Und jetzt? Wo ist er jetzt?“ Susanna setzte sich zu ihm auf die Bank.

Konstantin machte ein trauriges Gesicht. „Er war 16 Jahre alt und krank. Ich musste ihn leider vor ein paar Wochen einschläfern lassen.“

Susanna nickte. „Sie sind der erste Mensch, der Olaf schön findet“, sagte sie wie nebenbei.

Der Mann lächelte. „Ach wissen Sie, wenn ich eines gelernt habe im Leben, dann, dass äußere Schönheit nun wirklich nicht das höchste Gut ist. Ich halte es da mit den Hunden - die lieben mit dem Herzen, nicht mit den Augen.“

   Konstantin, Susanna und Olaf trafen sich wieder. Schon am nächsten Tag, zur gleichen Zeit am gleichen Ort.

„Na so ein Zufall!" rief Konstantin, doch Susanna
wusste natürlich, dass es alles andere als ein Zufall
war.

Von da an gingen sie zu dritt spazieren – ein Mann,
eine Frau und ein etwas seltsam aussehender Hund,
der viel zu lang geraten war für seine kurzen Beine.

Bis in alle Ewigkeit

Frau Janecke, die in ihrem Sessel am Fenster saß, beugte sich zu ihrem Hund vor und strich ihm zärtlich über den Kopf. „Komm", sagte sie. „Komm auf meinen Schoß."

Lobi krallte sich mit den Vorderpfoten in ihren Rock, versuchte mit den Hinterläufen nachzuschieben. Leise wimmernd sah er sein Frauchen an - er schaffte es nicht!

Sie beugte sich ganz hinunter. Ein Schmerz schoss durch ihren Körper wie ein Blitz, ließ ihr Gesicht erstarren. Der Rücken, die Hüfte, der Arm - alles tat weh. Ein Griff unter Lobis Bauch, sie zog, er schob mit den Pfoten nach, saß endlich auf ihrem Schoß und leckte ihr die zitternden Finger.

Ihr Augen füllten sich mit Tränen. „Was sind wir nur für ein seltsames Paar", murmelte sie. „Beide so alt, dass jeder Schritt, jeder Atemzug eine Qual ist, aber sterben will keiner, aus Angst, der andere muss allein zurückbleiben."

Lobi rollte sich auf ihrem Schoß zusammen und schloss die Augen. Die alte Frau blickte aus dem Fenster. Seit ihrer Heirat wohnte sie nun schon hier, 76 Jahre! Im Zimmer nebenan hatte sie zwei Söhne geboren, beide im Bombenhagel umgekommen. Und dort war auch ihr Hans gestorben. Ein guter Mann, das Liebste und Beste, was sie je hatte.

Es fing an zu schneien. Aus grauem Himmel fielen kleine, dicke Schneeflocken. Frau Janecke beobachtete, wie sie zu Boden sanken. Dabei strich sie über Lobis Fell. Sie hatte in all den Jahren, in denen sie aus diesem Fenster blickte, viel gesehen. Häuser wurden gebaut, andere eingerissen. Türme, Bäume, Strommasten wuchsen in den Himmel. Breitere Straßen hatte man angelegt, Gärten waren verschwunden, und wo einst Menschen mit Handkarren gegangen waren, rasten jetzt Autos.

„Und geblieben ist uns niemand", sagte sie zu Lobi, als hätte er an ihren Gedanken teilgehabt. „Nur Franziska schaut manchmal vorbei."

Franziska - die Tochter ihrer früheren Nachbarin. Als Kind hatte sie oft Hausaufgaben bei ihr gemacht, weil die Mutter arbeiten musste. Und als Hans gestorben war und sie, Frau Janecke, aus Gram fast auch gestorben wäre, da hatte Franziska Lobi aus dem Tierheim geholt und zu ihr gebracht. „Der hat auch niemanden, der braucht Sie!", hatte sie gesagt.

Frau Janecke hob den Blick und sah wieder hinaus. Es dämmerte bereits, und es war kalt. Sie musste Kohle aufs Feuer legen. Heizung hatte sie nicht mehr, seit die alte kaputt war. Woher hätte sie auch das Geld für den Einbau einer neuen, modernen nehmen sollen? Ein paar Euro Witwenrente und das alte Haus waren alles, was sie besaß. Lobi und sie aßen, was der Garten hergab, und im Winter gab es dicke Suppe, das mochten sie beide. Ab und zu ein Stück Kutteln für Lobi, und mal etwas Hackfleisch in einem Kartoffelauflauf für sie. Aber nur an Festtagen, so wie morgen, denn morgen war Neujahr.

Frau Janecke klopfte Lobi den Popo. „He, du Faul-
pelz, aufstehen! Es wird dunkel, du musst noch mal
raus. Und ich muss nachschüren."

Sie versuchte ihn vom Schoß zu heben, doch der
Schmerz fuhr ihr messerscharf in die Glieder. „Ich
kann nicht, musst springen", sagte sie und schob
ihn hinunter. Als sie selbst sich mit Mühe auf die
Beine gebracht hatte, murmelte sie: „Es ist Zeit für
uns zu gehen, wir sollten nicht länger warten."

Sie quälte sich am Stock zur Tür, öffnete sie. Ein kal-
ter Wind fuhr herein, ein bisschen Schnee dazu.
Lobi starrte ins Dunkel, das sich vor ihm aufgetan
hatte. Er zitterte, ging zwei Schritte, blieb wieder
stehen.

Frau Janecke schüttelte den Kopf. „Bei so 'nem
Wetter, da jagt man doch keinen Hund hinaus!" Sie
zog die Tür wieder zu.

Neben der Brottrommel lag das Päckchen mit dem
Hackfleisch, das Franziska am Vormittag gebracht
hatte. Frau Janecke nahm es, holte die geweihte
Hochzeitskerze, die an Hansens Totenbett zwei
Drittel heruntergebrannt war, und nach kurzem Zö-
gern ein kleines Päckchen mit Pulver. Sie mischte

ein wenig davon unter das Hackfleisch, stellte die Kerze aufs Fensterbrett, steckte sie an, setzte sich wieder in ihren Sessel und half Lobi auf ihren Schoß.

Er fraß das Hackfleisch langsam, ohne jede Hast. Er hatte ja Zeit - Zeit bis in alle Ewigkeit.

Als Franziska am nächsten Tag klopfte, öffnete niemand. Sie drückte die Klinke herunter, die Tür sprang auf. Drinnen fand sie Frau Janecke im Sessel sitzen, Lobi auf ihrem Schoß. Die alte Frau lächelte glücklich, der Kopf des Hundes lag in ihrer geöffneten Hand, und auf dem Fensterbrett stand eine Kerze, die heruntergebrannt war.

„Frau Janecke!" Franziska ging zu ihr. „Frau Janecke?" Sanft rüttelte sie an knochigen Schultern. Und dann begriff sie - die alte Frau und ihr Hund waren tot.

Außer Franziska war niemand zur Beerdigung gekommen.

„Na, Fräulein, da wird wohl Ihre Oma begraben?", fragte der Arbeiter von der Friedhofsverwaltung.

„Sie war nicht meine Oma, aber ich habe mich ein bisschen um sie gekümmert.“

„Und das da?“ Er deutete auf das weiße Stoffbündel in Franziskas Arm.

„Das ist ein alter Teddy.“ Sie zupfte ein wenig an den Falten des Lakens, so dass ein Stück struppiges Fell sichtbar wurde. „Ich wünsche mir, dass er mit ihr begraben wird. Wissen Sie, Frau Janecke hat niemanden mehr, und der Teddy hat ihren Söhnen gehört. Sie sind beide im letzten Kriegsjahr gestorben.“ Sie sah den Mann bittend an. „Statt Blumen“, sagte sie noch.

„Blumen, das geht schon in Ordnung. Sonst habe ich nichts gesehen.“ Er nickte, drehte sich um, und stieg auf seinen Bagger.

Franziska warf das Bündel so ins Grab, dass es zu Frau Janeckes Füßen lag. Dann ließ sie drei Hände voll Erde in die Grube rieseln. „Ruht in Frieden“, flüsterte sie.

Als der Bagger die Erde ins Grab schob, drehte sie sich langsam um und ging davon.

Flocke, Joris und das Baby

„Das Baby heißt Sandra", erzählte Joris seiner Hündin und ließ dabei seine Hand zärtlich über Flockes Fell gleiten. „Und das erste, was es getan hat, war schrecklich brüllen. Wenigstens hat das der Papi erzählt. Und du hättest mal sehen sollen, wie stolz er dabei war. Wenn ich brülle, findet das niemand toll, und stolz sind sie darauf schon gleich gar nicht." Er seufzte. „Und dann sind sie alle ins Krankenhaus gefahren, um das Baby anzuschauen. Dabei hatte ich gerade solche Bauchschmerzen. Aber das hat niemanden interessiert. Sogar die Oma ist mit, obwohl die ihr doch gerade erst etwas ins Herz hineingepflanzt haben, und sie immer sagt, sie darf sich nicht anstrengen, wenn ich mit ihr spielen will."

Flocke legte ihren Kopf auf Joris' Knie und sah ihn mitleidig an. Sie verstand ihn, ihr ging's ja genauso.

Früher konnte sie über das ganze Haus frei verfü-
gen, und auf einmal hieß es immer wieder: „Flocke
ab! Flocke, nicht in das neue Zimmer! Flocke, nicht
ins Bad! Flocke, nicht in den Sandkasten, das musst
du für die Zukunft lernen!"

Nichts war mehr, wie es einmal war - das Leben war
ganz schön gemein!

„Aber auf dich kann ich mich wenigstens verlassen",
hauchte Joris und drückte Flocke ganz fest an sich.
„Du bist immer noch meine beste Freundin!"

Doch dann geriet auch Flocke irgendwie aus den Fu-
gen. Plötzlich fing sie an, Nester zu bauen. Und ihre
Milchleisten schwollen an. Und ihr Fell ging aus.
Ganz kahl war sie schon überall!

„Sie bildet sich ein, trächtig zu sein", sagte der Tierarzt.

„Und was bedeutet das?", fragte Joris.

„Trächtig sagt man, wenn ein Hund Junge bekommt."

„Das heißt, sie glaubt sie kriegt auch ein Baby?",
war Joris erstaunt.

„Genau. Aber sie kriegt nicht wirklich eins. Das hat
mit den Hormonen zu tun, ihr Hormonhaushalt ist
durcheinandergeraten."

Flocke bekam eine Spritze, und Joris dachte so bei
sich: „Das ist bestimmt bloß, weil zu Hause wegen
des Babys auch der ganze Haushalt durcheinander
ist."

Leider wurde Flocke trotz Spritze nicht wieder normal. Bald sah sie aus, wie die kleinen Ferkel vom
Bauer Johann - rosa, mit kleinen schwarzen Flecken
überall, aber ohne Fell.

Joris fuhr mit ihr wieder zu Dr. Braun. Er auf dem
Rad, Flocke lief nebenher.

Dr. Braun schüttelte besorgt den Kopf. „Da hilft
nichts", sagte er, „Flocke muss entweder wirklich
Junge kriegen oder wir müssen sie kastrieren." Er
erklärte Joris, was das ist, und Joris schüttelte erschrocken den Kopf.

„Den Bauch aufschneiden und Dinge rausholen -
niemals!", empörte er sich.

Seiner Mami erzählte er: „Dr. Braun hat gesagt, Flocke muss auch ein Baby kriegen." Aber seine Mami
rief Dr. Braun an, und dann flog der Schwindel auf.

„Wir müssen Flocke operieren lassen", sagte sie zu
Joris. „Hunde kriegen nicht nur ein Baby, sondern
meistens vier oder sechs oder sogar noch mehr.
Und dann willst du die alle behalten, aber das geht
nicht."

Joris fand das gemein. Seine Mami durfte ein Baby
kriegen, Flocke und er nicht! Er fing an, das Baby zu
hassen. Und er bekam wieder Bauchschmerzen.

Als er zwei Tage später von der Schule nach Hause
kam, war Flockes Bauch kahlgeschoren, und sie
hatte eine rote Naht - man hatte sie einfach aufge-
schlitzt und wieder zusammengenäht! Und was zuerst drin war, in Flocke, lag jetzt im Abfalleimer
beim Tierarzt. Joris war ganz schön sauer.

In den nächsten Tagen und Wochen kümmerte er
sich rührend um die Hündin. Er brachte ihr heimlich
was von der Wurst auf seinem Brot. Er saß

stundenlang an ihrem Krankenlager. Er las ihr sogar aus seinem Lieblingsbuch vor - 'Die drei Freunde und der schwarze Hund'. Und manchmal fuhr er sie sogar in seinem Spielzeugtrucker spazieren.

Flocke genoss die Aufmerksamkeit und wurde bald wieder gesund. „Sie muss jetzt wie früher Auslauf haben und ihr altes Hundeleben aufnehmen", befand Joris' Mami.

Doch Flocke sah das anders. Ihr neues Hundeleben hatte ihr viel besser gefallen. Sie wollte auch in Zukunft so verwöhnt werden, und um das zu erreichen, zerriss sie Schuhe, setzte Pfützchen auf den Boden im Wohnzimmer und legte sich einfach platt hin, wenn sie laufen sollte.

„Das ist bloß, weil sie jetzt keine Hormone mehr hat!", erklärte Joris vorwurfsvoll. „Und weil sie keine Babys mehr kriegen kann! Ihr seid gemein, seid ihr!"

Vielleicht hätte sich die Sache mit Joris und Flockes Hormonen zur Familientragödie ausgewachsen, wenn da nicht plötzlich das kleine weiße Wollknäuel hinter der Garage gelegen hätte. Joris hat es beim Spielen entdeckt. Es miaute jämmerlich und

117

sah ganz struppig und verklebt aus. Joris legte es in einen ausgepolsterten Schuhkarton und fuhr damit sofort zu Dr. Braun. Und da bekam auch das Kätzchen eine Spritze. Doch im Gegensatz zu Flocke half die Spritze diesmal, und das Kätzchen erholte sich rasch. Und seltsamerweise erholte sich plötzlich auch Flocke. Sie adoptierte das Kätzchen. Sie leckte es und wärmte es und stupste es zärtlich mit der Nase zurück, wenn es versuchte, ins Kinderzimmer, ins Badezimmer oder sonst wohin zu gehen, wo es wegen des Babys 'für Tiere verboten' hieß.

Trotzdem wollte Mami das Kätzchen zu Bauer Johann bringen. „Ein Kätzchen, und ein Baby, das geht doch nicht“, sagte sie. Doch da drohte ihr Joris damit, Flocke zu nehmen und für immer auszuziehen. „Irgendwohin, wo es keine Babys und keine Schule gibt!“, sagte er entschlossen.

Mami gab nach. Das Kätzchen durfte bleiben und wurde Friedolin getauft. Inzwischen geht es allen wieder gut. Flocke ist wieder normal. Friedolin ist gesund. Die Oma darf wieder spielen. Und kürzlich hat Joris das Baby seiner Eltern sogar schon einmal seine Schwester genannt.

Ein ganzer Kerl

Zwei Wochen lang hatte es geschneit, danach vier Tage ohne Unterlass geregnet. Die Wälder an den Donauufern waren unter Schneemassen versunken, schwer hatten die Buchen und Tannen, die Laubkronen der Birken entlang der Saumwege im Altbayrischen Moos daran getragen. Dann der Regen. Die Strommasten auf den Feldern bei Brautlach sahen im grauen Dunst aus wie riesige Vögel, auf vereisten Leitungen saßen die Krähen mit eingezogenen Köpfen, die Misthaufen am Reitstall in Mändelfeld dampften. Schließlich brach über dem 'Moos', der weiten Moorlandschaft zwischen Karlskron und der fernen Kreisstadt, der Himmel auf. Der Wind schob die Wolken zur Seite, ein erster Sonnenstrahl spitzte über die Dächer von Karlskron und ließ den Kirchturm von 'St. Trinitas' glänzen.

Plötzlich kamen alle aus ihren Schlupflöchern! Wie die Ameisen. Zum Bäcker, zum Metzger, in die Drogerie, zum Rathaus - der ganze Ort schien auf den Beinen zu sein!

Auch Sophia nutzte die Gelegenheit, ein paar Einkäufe zu erledigen, ohne dass ihr dabei Eiszapfen an die Mütze froren. Magnus, ihr Ältester, brauchte ein Schulheft, Max, der Jüngste, Klebstoff für den Werkunterricht. Florian, der in fünf Tagen neun werden würde, wünschte sich ein Skateboard.

Schulhefte und Klebstoff waren schnell besorgt. Blieb noch das Skateboard. Das bekam sie von Frau Müller aus zweiter Hand. Deren Sohn hatte es nur einmal benutzt, dabei war er so heftig auf die Nase gefallen, dass er es nie wieder anrühren wollte. In Gedanken an die Möglichkeit eines solchen Unglücks seufzte Sophia, aber sie wusste, wenn sie Florian den Wunsch nicht erfüllte, würde er eben seinen von Sophia geschiedenen Vater weichklopfen.

Auf dem Weg zu Frau Müller, die hinter der Tankstelle am Ortsrand wohnte, traf Sophia ihren alten Chorleiter, Herrn Hauser. Als Kind hatte sie unter seiner Leitung in St. Quirin in Pobenhausen und in der Wallfahrtskirche auf dem Kalvarienberg gesungen. „Einen wunderschönen guten Tag!", wünschte sie ihm.

Er erkannte sie nicht, aber als sie ihm ihren Namen nannte, nahm er ihre Hand in seine beiden Hände und schüttelte sie herzlich. „Da sieht man mal wieder, wie aus kleinen Kindern große Leute werden!"

Lächelnd sah sie ihm nach, wie er im Landgasthof Haas verschwand, wo heute eine Taufe gefeiert wurde.

Frau Müller hatte sie bereits erwartet. „Ah, Frau Brüderle, Sie kommen wegen des Dingsda!" Sie bat Sophia herein und verschwand im Keller, kam bald schon mit einem knallroten Board zurück, auf dem in silberner Schwungschrift Superspider stand. „Die Räder haben ein paar Gebrauchsspuren, sonst ist alles wie neu." Frau Müller ließ Sophia in eine Tragetasche gucken. „Da sind Sturzhelm, Knie- und Ellenbogenschoner drin."

Sophia bezahlte, klemmte sich das Skateboard unter den linken Arm, nahm die Tragetasche in die eine, den Einkaufskorb in die andere Hand und machte sich auf den Heimweg.

Sie kam nicht weit. Kurz nach der Garagenausfahrt hatte sie plötzlich das Gefühl, jemand zöge ihr die Füße unter dem Körper weg. Es ging so schnell, dass sie nicht einmal Zeit fand, Korb und Tragetasche loszulassen. Plumps, und schon lag sie auf ihrem Allerwertesten!

Ein Schmerz fuhr ihr vom Ellenbogen durch den ganzen Körper, es tat so weh, dass ihr das Blut aus dem Gesicht wich und sie nach Luft schnappte. „Aua - verdammt!" Tränen sammelten sich in ihren Augen.

Ein Auto stoppte neben ihr, ein Mann sprang heraus. „Kann ich Ihnen helfen?" Er hatte rote Haare und grüne Augen und eine ganze Menge Sommersprossen im Gesicht. Er war Anfang Vierzig und wie es schien Arzt, denn die Tatsache, dass Sophia sich den Ellenbogen rieb und blass war und leise jammernde Schmerzenslaute von sich gab, veranlasste ihn zu zielgerichteten Fragen. „Wie schmerzt es? Können Sie den Arm strecken? Tut es sonst noch wo weh?"

„Ja, der Knöchel!" Sie bewegte ihren rechten Fuß und zischte dabei ein Wort, das mit SCH begann und das sie ihren Söhnen strengstens zu sagen verboten hatte.

Sophia wollte aufstehen, der Mann half ihr dabei. „Setzen Sie sich in meinen Wagen - mein Name ist Dr. Leon Talke."

Er betastete, knetete, drehte an Fuß und Arm und befand dann: „Gebrochen scheint nichts zu sein. Eine ordentliche Prellung schmerzt allerdings oftmals noch mehr als ein schöner glatter Bruch!"

Sophia lachte bitter auf. 'Schöner glatter Bruch'! So etwas konnte nur ein Knochenklempner sagen. „Danke für den Trost!" Sie griff sich wieder an den Ellenbogen. „Und das ausgerechnet jetzt, wo die Faschingsferien bald beginnen! Mein Name ist übrigens Sophia Brüderle, und falls Sie jetzt zu sagen beabsichtigen: Ich bringe Sie nach Hause, dann nehme ich das Angebot glatt an, obwohl ich sonst nicht so schnell zu fremden Männern in den Wagen steige."

Dr. Leon Talke schmunzelte. „Na, Ihren Humor haben Sie bei dem Sturz wenigstens nicht verloren."

Sie fuhren los. „Da vorne müssen Sie rechts - ist nicht weit", erklärte Sophia. „Woher kommen Sie denn? Von hier sind Sie jedenfalls nicht."

„Vor zwei Monaten habe ich in Grillheim ein Haus gekauft. Ich bin gerade dabei, es zu renovieren. Wenn ich fertig bin, werde ich dort wohnen und eine Praxis eröffnen."

„Ach! Das ist ja mal eine gute Nachricht! Wenn wir hier etwas dringend brauchen, dann einen 'Doc'!" Sophia lachte aufgekratzt. „Wissen Sie, ich habe drei Söhne. Sieben, neun und zwölf Jahre alt. Im Allgemeinen sind sie es, die mit aufgeschlagenen Ellenbogen und verdrehten Knöcheln nach Hause kommen. Ihre Mutter leidet eher an ...", sie seufzte und suchte nach der passenden Erklärung, „an so Krankheiten, die geschiedene, alleinerziehende Mütter haben. Gebrochenes Herz. Einsamkeitssyndrom. Seelengastritis. Das Gefühl, für nicht viel mehr zu taugen, als zum Waschen, Bügeln, und Nahrung für ewig hungrige und manchmal ganz schön übelgelaunte Jungmänner ranzuschaffen! - Dort, das gelbe Haus ist meins."

Leon trat auf die Bremse und stellte den Motor ab. Sein Blick glitt über weite, schneebedeckte Felder. Pferde tobten auf einer Weide, in der Ferne sah man den Kirchturm von Reichertshofen. „Schön haben Sie es hier!" Er streckte Sophia seine Hand entgegen. „Am besten, Sie geben mir den Hausschlüssel, dann schließe ich zuerst auf und trage Sie anschließend in die gute Stube."

Sophia sah ihn mit Augenaufschlag an. Es musste Jahrhunderte her sein, dass sie von einem Mann über eine Zimmerschwelle getragen wurde. Na, wer wusste, vielleicht war dies ja doch ein Glückstag für sie!

Als Max, Florian und Magnus von der Schule nach Hause kamen, bestaunten sie den geschwollenen Knöchel ihrer Mutter, als wäre es der Dom von Regensburg oder das Münchner Rathaus.

„Kannst du jetzt nicht mehr laufen?", fragte Max.

„Quatsch, sie kann noch laufen! Bloß nicht mehr schnell", klärte Florian seinen jüngeren Bruder auf und stützte dabei seine Hände in die Hüften. Das hatte er sich bei Oma Karin abgeschaut, die machte

das auch immer, wenn sie etwas besonders blödsin-
nig fand.

Max grinste, und Sophia wusste auch warum. Mütter, die nicht schnell oder gar nicht mehr laufen
konnten, waren in ihrer Eigenschaft als solche in
weiten Bereichen außer Gefecht gesetzt!

„Dürfen wir rausgehen?", fragten die Jungs, nachdem sie mit den Hausaufgaben fertig waren.

„Aber nur, wenn ihr Gummistiefel anzieht. Und Magnus passt auf euch auf!"

Um kundzutun, dass ihm die Kleinen lästig waren, grummelte Magnus etwas in seinen nicht vorhandenen Bart, schob dann die Hände in die Hosentaschen und stapfte voraus. „Und was machen wir jetzt?", fragte er, als sie außer Hörweite ihrer Mutter waren.

„Wir nehmen die Räder und fahren rüber zum Baggersee!", beschloss Florian.

„Au ja!" Am See spielten sie am liebsten, vielleicht, weil ihre Mutter es verboten hatte.

Sie mussten ein ganzes Stück fahren und teilweise schieben, weil es zu glatt war. Erst nach Mändelfeld, dann über die Felder bis zur Immelmannkaserne, dahinter lag der kleine Leilachsee.

Sie suchten am Ufer nach flachen Kieseln, die sie springen lassen konnten. Max hatte gerade den ersten Stein geworfen, da stand plötzlich ein Hund neben ihnen. Er reichte ihnen nur bis ans Knie, aber trotzdem wirkte alles an ihm irgendwie mächtig. Seine Schultern waren breit, sein Nacken bullig, er hatte eine stämmige Brust und Beine wie Pfosten, die in die Erde gerammt waren.

„Kennt ihr den?"

„Nö - noch nie gesehen!"

„Bestimmt wieder einer, den s'e an der Autobahn ausgesetzt haben, weil Hunde nich' mit ins Hotel dürfen!", befand Florian altklug.

Magnus taxierte den Hund aus zusammengekniffenen Augen. „Wir könnten ja mal 'die Probe' mit ihm machen."

'Die Probe' war ein Spiel, das sie im letzten Sommer erfunden hatten. Weil Sophia sich hartnäckig weigerte, einen Hund anzuschaffen - Hunde bellen ständig, verlieren Haare und ziehen Schlammspuren durchs Haus - hatten sie beschlossen, 'Köter' für alle Zeiten doof zu finden.

Ihre Meinung schien bestätigt, als Tante Gabriele mit ihrem Spaniel zu Besuch kam. Sie warfen Stöckchen für ihn, er lief auch gleich los und brachte das Ding zurück. Das Spiel wurde den Jungs allerdings schnell langweilig, also dachten sie sich etwas Schwieriges aus. Sie warfen eine Zaunlatte von einsfünfzig, liefen schnell in den Hobbykeller und lockten den Hund hinter sich her. Weil die Latte viel zu breit war, passte er damit nicht durch die Tür. Trotzdem versuchte er es immer wieder, rumste rechts und links an und jaulte vor Wut, und darüber amüsierten sie sich prächtig.

„Der ist echt doof!", freute sich Florian.

„Superdoof!", bestätigte Max.

„Ja, echt supersupersuperdoof!" Florian kugelte sich vor Lachen.

Das Spiel wurde zukünftig mit allen Nachbarshunden wiederholt, doch alle scheiterten sie an der Aufgabe.

Nun hatten sie also ein neues Opfer gefunden. „Au, ja, wir machen die Probe!"

Sie stiegen auf ihre Räder und lockten den Hund. Er folgte ihnen, ohne zu zögern, galoppierte neben ihnen her bis zu ihrem Haus, dort führten sie ihn hinten herum in den Garten. Dank des geschwollenen Knöchels würde ihre Mutter sie zum Glück nicht sehen.

Neben der Garage lag die Zaunlatte bereit. Sie zeigten dem Hund den Stock, er setzte sich und sah ihn sich an. Okay, ein Stock - und nun?

„Wir werfen den, kapiert? Und du holst ihn!"

Sie warfen. Der Hund lief los, schnappte ihn sich und kam damit zurück. Gelangweilt legte er ihn vor Magnus' Füßen ab.

Die drei grinsten sich an. „Dann noch mal, Doofi, aber jetzt wird's ernst!" Sie warfen, der Hund lief los, sie rannten in den Hobbykeller und lockten ihn zu sich herein. „Na komm schon, Hundchen! Komm mal schön, Doofi!"

Der Hund schnappte sich die Latte ziemlich genau in der Mitte, kam damit angaloppiert wie ein Rennpferd - und knallte unversehens rechts und links gegen die Türpfosten. Er stutzte, man sah ihm die Verblüffung an.

„Ha, ha, ha - na, komm schon Doofi, komm rein zu uns!"

Der Hund versuchte es noch einmal, knallte wieder gegen die Türpfosten. Es krachte, dass man Angst haben musste, er würde sich dabei alle Zähne ausschlagen.

„Na komm doch endlich, komm Hundchen!"

Wieder krachte es.

Da ließ er den Stock plötzlich fallen. Sein mächtiger Nacken spannte sich an, er senkte den Kopf, winselte, drehte sich um, packte den Stock am Ende und zog ihn rückwärts in den Keller. Als er drin war, ließ er ihn fallen, legte sich daneben und sah die Buben hechelnd und triumphierend an.

„Poh!", machte Magnus.

„Wahnsinn!" Florian schüttelte ungläubig den Kopf.

„Das is'n Kerl!", fügte Max an und klopfte dem Hund anerkennend auf den breiten Kopf.

„Vielleicht war's ja nur Zufall!" Magnus packte die Latte, ging mit dem Hund raus, warf sie und lief schnell in den Hobbykeller zurück. Der Hund apportierte die Latte, legte sie vor der Tür ab, packte sie am Ende und zog sie in den Keller.

Magnus nickte wie ein alter weiser Mann. „Der Kerl hat's echt kapiert!"

„Ob wir ihn wohl behalten dürfen?", überlegte Max und kaute dabei auf seinen Lippen.

„Bestimmt nicht! Wenn Mami ihn zu Gesicht bekommt, liefert sie ihn glatt im Tierheim ab."

„Wir könnten ihn doch heimlich behalten?", überlegte Magnus.

„Quatsch, wie soll'n das geh'n!"

„Wir verstecken ihn im Schuppen am Weiher."

„An welchem Weiher?“

„Na, an dem bei Mändlfeld, wo der Papa vom Karli mit seinen Freunden immer angelt. Wir bringen ihm ein paar Decken und jeden Tag Futter und besuchen ihn so oft wie möglich.“

„He, prima!“ Max war sofort Feuer und Flamme, aber Florian hatte Einwände: „Was, wenn der Papa vom Karli den Kerl findet?“

„Quatsch. Um die Zeit angelt doch keiner. Und bis zum Frühjahr haben wir was Anderes gefunden.“

„Aber dann müsst ihr echt die Klappe halten! Unter keinen Umständen dürft ihr irgendjemandem etwas verraten!“

„Ehrenwort!“ Alle drei hoben zum Schwur die Finger.

Es hatte geklingelt. Sophia sah aus dem Fenster. Vor dem Haus stand Leons Wagen. Sie humpelte zur Tür. Vor dem Spiegel in der Diele fuhr sie sich eilig durchs Haar und zupfte ihren Pulli zurecht, dann öffnete sie und strahlte ihn an.

„Hallo! Schön, dass Sie nach mir sehen."

„Ich hoffe, es geht Ihnen besser?"

„Na ja, den Umständen entsprechend."

„Ich bin auch eigentlich aus einem anderen Grund gekommen."

Das Lächeln aus Sophias Gesicht verschwand.

„Brutus ist verschwunden." Leon machte ein bekümmertes Gesicht. „Da ist ein Loch im Zaun, das hatte ich übersehen."

„Wer ist Brutus?“

„Mein Hund. Eine Mischung aus englischer Bull-
dogge, Boxer und etwas Undefinierbarem. Ich habe
ihn überall gesucht, konnte ihn aber nirgends finden. Er kennt sich hier ja noch nicht aus. Womöglich läuft er auf die Autobahn!“

„Hm, das ist schlimm. Wollen Sie nicht hereinkom-
men? Zum Aufwärmen, auf eine Tasse Kaffee?“

„O.K.“, er schenkte ihr ein himmlisches Lächeln,
„auf eine schnelle Tasse Kaffee.“

Während Sophia Wasser aufstellte, sah er in den
Garten hinaus. „Wirklich, ein schönes Haus haben
Sie!“

„Im Sommer, wenn Föhn ist, kann man von diesem
Fenster aus manchmal sogar den Alpenrand erkennen“, erzählte Sophia. „Ich habe das Haus von meinen Großeltern geerbt, mein Vater hat mir gehol-
fen, es herzurichten. Ich bin in Karlskron aufge-
wachsen, und möchte sonst nirgendwo wohnen.
Manche sagen, das Land ist ihnen hier zu flach.
Aber ich mag es, wenn der Herbstwind über die Felder streicht, mag die vielen kleinen Seen, die es hier

135

gibt, mag die Wälder an den Donauufern, die im Sommer voller Bärlauch stehen, und liebe es, mit dem Rad stundenlang durch das Moos zu fahren. Und ich mag Ingolstadt und Neuburg und die Nähe zu München und …"

Sophia brach ab, denn Leons Handy klingelte. Er nahm das Gespräch an, lauschte eine Weile, antwortete dann: „Nein, das ist nicht nötig. Wadenwickel reichen. Ich bin gerade unterwegs und suche Brutus, der ist weggelaufen. Mach dir keine Sorgen! Ich melde mich später, bis dann."

Er legte auf. „Entschuldigung, es war meine Frau. Philipp, unser Sohn, hat Fieber, da gerät sie immer gleich in Panik - wie Mütter halt so sind."

„Hm", machte Sophia, „wie Mütter halt so sind." Enttäuscht nahm sie einen Schluck Kaffee. Er war also verheiratet, obwohl er keinen Ehering trug! Aber das hätte sie sich ja denken können … So einer und nicht verheiratet, das gab's nicht!

„Ich mache mich wieder auf die Suche", Leon stellte seine leergetrunkene Tasse auf dem Küchentisch ab, „wollte nur fragen, ob Sie Brutus vielleicht gesehen haben."

Sophia brachte ihn zur Tür. Er gab ihr einen Zettel mit seiner Telefonnummer. „Rufen Sie mich an?"

Sie nickte. „Natürlich - wenn mir ein Hund auffällt, der auf die Beschreibung passt!"

„Oder wenn das mit dem Einsamkeitssyndrom zu schlimm wird ..." Sein Blick traf sie bis in alle Tiefen.

Das Blut schoss ihr in den Kopf. Schnell schloss sie die Tür und lehnte sich von innen dagegen. Himmel, sie war ja ganz schön verknallt!

Leon rief noch am selben Abend bei ihr an. „Ihre Telefonnummer stand im Telefonbuch. Wollte nur mal hören, wie es Ihrem malträtierten Fuß geht."

„Haben Sie Brutus gefunden?", antwortete Sophia mit einer Gegenfrage.

„Nein. Es ist sehr schlimm für mich. Seit ich ihn habe, gehören wir zusammen wie zwei alte Lat-schen!"

„Tut mir sehr leid", sagte Sophia. „Und Ihr Sohn?"

„Dem geht es bereits viel besser! Apropos - Sie haben meine Frage noch nicht beantwortet: Was machen Ihre Schmerzen?"

Sophia lachte. „Man gewöhnt sich daran!"

„Sprechen Sie jetzt von Ihrem Fuß, Ihrem Ellenbogen oder dem Einsamkeitssyndrom?"

Sie klappte den Mund auf und wieder zu, sagte aber nichts.

„Ich hätte eine schöne Flasche Wein hier. Ich könnte damit zu Ihnen kommen, und dann ertränken wir gemeinsam unseren Kummer", schlug Leon vor.

Sophia schmiegte sich an den Hörer, als wäre es Leons Wange. „Das klingt wirklich sehr verlockend, aber ..."

„Aber?", hakte Leon nach.

Sophia seufzte leise in sich hinein. „Ich habe Schmerztabletten genommen, das passt nicht zu Alkohol."

„Da haben Sie Recht! - Darf ich dann morgen wieder anrufen?“

„Hm“, machte Sophia. Sie schwieg lange. „Ich freue mich“, sagte sie schließlich.

„Was machst du denn da?" Als Sophia ihn so un-
vermutet ansprach, fuhr Florian erschrocken
herum. Er hielt eine Dose Thunfisch in der Hand, die
er gerade in seiner Tasche verschwinden lassen
wollte. Das schlechte Gewissen stand ihm ins Gesicht geschrieben. „Ich ... also ...", stotterte er, ver-
stummte und blickte beschämt zu Boden.

Sophia nahm ihm die Dose ab, betrachtete sie nach-
denklich. Seit drei Tagen benahmen sich ihre Söhne
irgendwie seltsam. Sie kamen nachmittags nach
Hause und schmierten sich riesige Brote, die sie
dann mitnahmen, um sie draußen zu essen. „Wir
setzen uns auf die Bank und machen Picknick!"

„Bei der Schweinekälte?"

Schon gestern wollten Sie unbedingt ein Picknick
machen und ließen sich Hühnerbeine, Käsebrote

und Kuchen einpacken. Und jetzt klaute Florian Thunfisch?

„Also, raus mit der Sprache! Was ist los mit euch!"

„Nichts", murrte Magnus.

Auf einmal stand Max hinter ihr. „Es ist nur wegen der armen Kinder", erklärte er.

„Arme Kinder?" Sophia runzelte die Stirn. „Was für arme Kinder?"

„Die kennst du nicht. Die sind erst hergezogen. Und die haben immer Hunger!"

„Genau", sagte Florian.

„Und denen willst du Thunfisch bringen?"

„Wenn wir im Fernsehen die armen Kinder aus Afrika sehen, dann sagst du ja auch immer, es ist schrecklich, dass sie hungern müssen!"

Sophia seufzte, legte die Dose wieder ins Regal, schob ihre Jungs aus der Speisekammer und schloss die Tür. „Euer soziales Engagement in Ehren, aber ich kann doch nicht plötzlich für so viel mehr Leute sorgen! Dafür reicht unser Geld nicht." Sophia kam sich ziemlich mies vor, als sie das sagte. „Aber ihr könntet ihnen Äpfel und Birnen aus dem Garten bringen, davon haben wir im Keller mehr als genug. Oder ladet sie mal ein, dann mache ich für euch Bratäpfel und Pfannkuchen."

Florian verzog das Gesicht. „Obst mag er ... äh, mögen die nicht. Lieber Wurst oder Fisch."

Sophia schüttelte den Kopf. Wirklich seltsam das alles.

Am Nachmittag fuhr sie zum Einkaufen nach Ingolstadt. Im Westpark lief ihr Leon über den Weg. Ihr Herz machte einen Satz und schlug plötzlich doppelt so schnell.

„Hallo", sagte er.

Sie antwortete mit einem Lächeln. „Ist Brutus endlich zurück?"

Leon seufzte. „Nein. Ich verstehe das nicht! Kam schon mal vor, dass er verliebt war und weggelaufen ist, aber vier Tage blieb er noch nie fort!"

Sophia sah ihn bekümmert an. „Na ja, er kennt sich ja hier nicht aus. Haben Sie denn schon im Tierheim nachgefragt?"

„Natürlich, aber dort ist er nicht. Wenn ihm nur nichts passiert ist!"

Sophia legte tröstend eine Hand auf seinen Arm, Leon nahm sie und drückte sie zärtlich. „Die Flasche Wein wartet noch immer darauf, getrunken zu werden. Vielleicht heute Abend?"

Als er so tief in sie hineinsah, fing Sophias Herz gleich wieder an zu rasen. „Und Ihre Frau?", antwortete sie mit belegter Stimme.

„Meine Frau?" Er schien ihre Frage nicht zu verstehen.

„Ich meine, hat sie denn nichts dagegen, wenn wir gemeinsam ... unseren Kummer ertränken?"

Leon legte die Stirn in Falten, dann lachte er plötzlich. „Weiß nicht. Vermutlich nicht. Wir haben uns bereits vor einem halben Jahr getrennt, sie lebt mit Philipp und ihrem neuen Lebenspartner in Schaftlach, im Süden von München."

„Ach sooo!“, machte Sophia. Dann lachte auch sie. „Also wenn das so ist - sagen wir mal um neun?“

„Der Wein und ich werden pünktlich sein“, versprach Leon mit einem Lächeln.

Sophia öffnete die Tür, noch bevor Leon klingeln konnte. „Wir müssen leise sein, die Jungens sind schon im Bett." Leon folgte ihr ins Wohnzimmer.

Sophia brachte einen Korkenzieher, reichte ihn an Leon weiter, knipste die Stehlampe an und löschte das Deckenlicht.

Leon goss Wein in die Gläser, die Sophia bereitstellte. „Ich schlage vor, wir duzen uns."

Sie verschlangen die Arme, tranken einen Schluck, dann hauchten sie sich einen Kuss auf die Wangen.

„Und wie geht es mit der Praxis?", fragte Sophia mit Herzklopfen.

„Sonntag nach der Kirche lade ich zum Tag der offenen Tür ein. Ich biete Tee und Kaffee und Kuchen an. Ab Montag werde ich dann praktizieren."

„So schnell!“

„Der Praxisraum ist fertig, das Labor auch. Und als Wartezimmer reichen vorerst ein paar Stühle im Flur.“

„Finde ich gut, dass du das so locker siehst“, sagte Sophia.

Er zuckte lächelnd die Schultern.

„Wenn du willst, backe ich einen Kuchen für deine Praxiseinweihung.“

„So viel Arbeit willst du dir meinetwegen machen?“

„Och, ich muss ohnehin backen“, antwortete Sophia gespielt gleichgültig, „Florian hat nämlich Geburtstag!“

„Ach so. Und ich dachte schon, du bietest es mir an, weil du mich ein ganz klein wenig magst?“ Er funkelte sie verliebt an.

„Nööö! Wie kommst du denn darauf?“, kokettierte sie.

Leon nahm ihr das Glas aus der Hand, zog sie an sich und küsste sie himmlisch zärtlich.

Plötzlich wurde das große Licht angeknipst. Wie aufgepeitscht fuhren sie auseinander und starrten in zwei Paar eiskalte Augen.

„Wer is'n der!" Max deutete mit ausgestrecktem Finger auf Leon.

„Das sieht man doch, Mamis Geliebter!", zischte Florian.

Nun tauchte auch noch Magnus auf. „Mami hat einen Geliebten!", klärte Max ihn gleich mal auf, und es klang gar nicht erfreut.

„Also ...", Sophia räusperte sich. „Das ist nicht mein Geliebter, das ist bloß ..." Sie stockte.

„Leon", half Leon ihr aus.

„Richtig! Das ist bloß Leon."

„Und warum habt ihr euch dann geküsst?" Florian fixierte den unerwünschten Eindringling aus zusammengekniffenen Augen.

„Weil …" Sophia suchte nach einer plausiblen Erklärung.

„Eben. Weil ihr verliebt seid", zischte Magnus.

Max stiefelte auf Leon zu. „Ich mag aber nicht, dass du in meine Mami verliebt bist! Hör gefälligst auf damit!"

„Hm", machte Leon. Er tauschte Blicke mit Sophia. Sie war rot geworden wie ein Schulmädchen. „Ist wohl besser, du gehst jetzt", sagte sie kleinlaut.

„Jawohl! Und komm nie, nie wieder!" Max schwang drohend eine Faust.

Weil Leon der Klügere war, gab er klein bei. „Wir telefonieren", flüsterte er Sophia zu, bevor er hinauswischte.

Am Samstag hatte Florian Geburtstag. Sophia stand schon früh am Morgen auf, um den Geburtstagstisch herzurichten. Ein Kuchen mit sieben Kerzen. Skateboard, Sturzhelm, Knie- und Ellenbogenschoner, das Paket seiner Großeltern und das von seinem Vater. Als sie Schritte auf der Treppe hörte, zündete sie schnell die Kerzen an und setzte ihr Geburtstagslächeln auf.

Die Jungs hatten sich bereits angezogen, Waschen und Kämmen hatten sie aber offensichtlich vergessen.

„Wunderschönen guten Morgen", trällerte Sophia, „alles Guuute, Floh!"

Florian sah sie missmutig an. „n' Morgen." Er schwang sich auf den Stuhl und betrachtete die

Geschenke, seine Brüder stellten sich hinter ihn und taten dasselbe.

„Na?" Sophia stupste Florian in die Seite. „Magst du denn die Kerzen nicht ausblasen und die Geschenke auspacken?"

„Hmrrrgrm", brummte er in sich hinein. Das mit dem 'Geliebten' würde er seiner Mutter so schnell nicht verzeihen.

„Ich kann's ja für dich tun!", bot sich Max an.

„Finger weg!" Florian schlug ihm auf die Hand und ließ sich endlich herab, die Pakete zu öffnen.

Von Oma und Opa hatte er ein Wissenslexikon bekommen, von seinem Vater ein Computerspiel. Beides entlockte ihm keine Begeisterungsrufe. Überhaupt war er ziemlich mies drauf heute, und Sophia wusste auch warum.

„Na!", rief sie aufgesetzt fröhlich. „Und was sagst du zu deinem Skateboard?"

Er zuckte die Schultern. „Ist ja gebraucht."

Sophia zwinkerte ihm zu. „Was glaubst du wohl, wobei ich gestürzt bin - ich hab's ausprobiert!“

„Poh!“ Max sah sie aus großen Augen anerkennend an.

„Das sollte doch bloß ein Witz sein“, klärte Magnus seinen kleinen Bruder auf. „Es ist das Skateboard von Joachim Müller, der Knalltüte! Der ist damit über 'ne Bordkante gefallen!“

Sophia zählte bis zehn, dann sagte sie betont sach- lich: „Na gut. Dann seid ihr eben beleidigt. Ich werde Leon trotzdem wiedersehen. Er ist ein ... ein wirklich netter und sympathischer Mann! Und er ist ... ist Arzt! Jawohl.“ Sie fühlte plötzlich Tränen in den Augen. 'Jetzt bloß nicht heulen und keine Szene!', warnte sie sich im Stillen.

„Pah!“, machte Magnus. Er starrte seine Mutter mit vernichtendem Blick an. „Von wegen Arzt! Bloß ein blöder Tierarzt ist der doch! Räumt Pferden den Darm aus, igitt! Und impft stinkende Schweine und kastriert Katzen!“ Er stürzte aus dem Zimmer. Rums machte es, und die Tür krachte hinter ihm zu.

Seine beiden Brüder folgten ihm. Allerdings nicht, ohne sich zuvor ein riesiges Stück vom Kuchen abzuschneiden. „Den essen wir draußen!"

Sophia öffnete den Mund und klappte ihn wieder zu. Sie überlegte, ob sie den Jungs nachlaufen und sie an den Ohren zurückholen sollte, doch für Auseinandersetzungen dieser Größenordnung fehlte ihr gerade die Kraft.

Im nächsten Moment klingelte das Telefon. Sophia nahm ab. „Halloooo", kam es samtweich aus dem Hörer.

„Hallo!", antwortete sie, aber es klang nicht annähernd so liebevoll.

„Was ist los?", fragte Leon. „Ärger mit deinen Söhnen?"

„Das auch! Vor allem aber habe ich gerade eine unbändige Wut auf dich! Wie konntest du nur behaupten, du seist Arzt! Dabei bist du bloß Tierarzt!"

„Hm", machte Leon. „Hast du etwas gegen Tierärzte? Ist dir ein Veterinär nicht gut genug?"

„Unsinn! Aber weil ich dachte, du seist Arzt, habe ich dir meine intimsten Geheimnisse anvertraut! Du hättest mir das sagen müssen! Das war gemein, jetzt schäme ich mich!"

„Du hast mir zuerst gar keine Möglichkeit gelassen, den Irrtum aufzuklären. Und später habe ich es vergessen. Es war mir irgendwie nicht wichtig. Ich dachte an dich, an Brutus, an die Umbauten in meinem Haus, aber nicht daran, dass es einen Unterschied machen könnte, ob ich Arzt oder Tierarzt bin."

„Pah!" Sophia lachte hysterisch, knallte den Hörer auf die Station und brach in Tränen aus. Es gibt Tage, die sollten zu Ende gehen, bevor der Morgen anbricht. Und so ein Tag war heute!

Sophia hatte sich gerade die Tränen aus dem Gesicht gewaschen, als es klingelte. Sie öffnete und sah sich Leon gegenüber. „Ich bitte um Entschuldigung!" Er schenkte ihr ein watteweiches Lächeln.

„Nein!" Sie verschränkte die Arme, machte dabei keine Anstalten, ihn hereinzulassen.

„Vielleicht verzeihst du mir ja, wenn ich dir sage, dass ich außer Tierarzt auch Heilpraktiker bin und Menschen behandeln darf?"

„Das behauptest du jetzt bloß, um mich gnädig zu stimmen."

„Ich schwöre es hoch und heilig! Wenn du morgen zum Tag der offenen Tür kommst, wirst du es ..."

Weiter kam er nicht, denn plötzlich stürzte Magnus auf sie zu. Sein Gesicht war voller Panik und von Tränen überströmt. „Mami! Komm schnell! Max ist im Weiher eingebroch!"

„In welchem Weiher?"

„In dem hinter Mändelfeld, wo der Papa vom Karli immer angelt. Wir haben ihn rausgezogen, aber er röchelt nur und sagt nichts mehr."

Alles Blut wich aus Sophias Gesicht. Es dauerte ein paar Sekunden, bis das Unfassbare bei ihr ankam - dann endlich stürzte sie los und Leon mit ihr. „Wir nehmen meinen Wagen!", rief er.

Bis zum See fuhr man vier Minuten, wenn man um das Leben seines Kindes fuhr, schaffte man es vielleicht in drei.

Es waren die längsten und entsetzlichsten Minuten ihres Lebens. Hinter sich hörte sie Magnus, der weinte, neben sich sah sie Leon, und im Innersten flehte sie wieder und wieder: 'Gott, mach dass Max noch lebt, nimm mich dafür!'

Als sie angekommen waren und sich durch die Büsche geschlagen hatten, sahen sie Max am Ufer liegen. Er war in eine Decke gewickelt. Neben ihm saß weinend Florian und neben Florian ein Hund - es war Brutus. Als er sein Herrchen erkannte, lief er bellend auf ihn zu.

Leon stutze nur eine Sekunde lang, dann kniete er sich neben Max, drehte ihn um und drückte ihm das Wasser aus den Lungen. Der Junge rang hustend nach Atem.

„Er lebt!" Magnus und Florian fielen ihrer Mutter in die Arme, sie lachten und weinten zugleich.

Leon trug den Jungen zum Auto. „Wir fahren nach Hause." Er gab Sophia sein Handy. „Du rufst den Notarzt. Max muss sofort ins Krankenhaus."

Während Sophia ihrem Sohn zu Hause die nassen Kleider auszog und ihn warm rubbelte, erzählte Magnus: „Wir wollten mit dem Kerl Stöckchen werfen. Florian und ich haben im Wäldchen neben dem Weiher nach Ästen gesucht. Da ist Max aufs Eis gegangen, nur ein paar Schritte, und dann ist er eingebrochen. Aber das Wasser war gleich tief."

„Der Kerl ist hineingesprungen, hat ihn an seiner Jacke gepackt und ans Ufer gezogen. Wir haben Max in die Decke gewickelt, die wir für den Kerl in der Hütte hatten, und Magnus ist nach Hause gelaufen, um Hilfe zu holen", erzählte Florian weiter.

„Welcher Kerl?", hakte Sophia nach.

„So nennen wir den Hund, den wir gefunden haben."

„Der Kerl heißt Brutus und ist mein Hund", erklärte Leon. „Ich suche ihn schon seit Tagen."

„Wir hatten gedacht ..." Florian brach wieder in Tränen aus.

„Wir dachten, den hätte jemand ausgesetzt", erklärte Magnus kleinlaut. „Und weil wir Angst hatten, die Mami bringt ihn ins Tierheim, haben wir ihn
in der Hütte am Weiher eingesperrt."

Sophia sah von Magnus zu Florian, blickte dann auf
Max in ihren Armen. „Deshalb also die vielen Brote,
Hühnerschenkel und Thunfischdosen!"

„Wir haben den Hund doch so gern." Magnus' Kinn
fiel auf seine Brust.

Auf der Straße war ein Martinshorn zu hören. „Da
ist der Notarzt", sagte Leon, „ich lasse ihn herein."

Nur ein paar Minuten später wurde Max auf einer
Bahre in den Sanka geschoben, und Sophia stieg mit
ein.

Leon, Magnus, Florian und Brutus standen in der
Tür, sahen ihnen bekümmert nach.

„Passt du auf die Jungs auf?", rief Sophia noch, bedachte Leon dabei mit einem zärtlichen Blick.

„Klar. Mach dir mal keine Sorgen. Zusammen mit Brutus werde ich die beiden Jungmänner schon in Schach halten!" Er legte Florian die rechte, Magnus die linke Hand auf die Schulter und zwinkerte ihnen zu.

Sie sahen ihn schuldbewusst an, aber dann grinsten sie zu ihm hinauf. „Wenn du immer noch in die Mami verliebt sein möchtest, dann darfst du das jetzt!"

„Danke, Jungs!" Leon lachte. „Ich werde mir euer großzügiges Angebot durch den Kopf gehen lassen."

Mitleid

Der Wecker klingelte. Christian stellte ihn ab, drehte sich herum und zog seine Frau in die Arme. „Guten Morgen, Schatz, hast du gut geschlafen?" Er küsste sie zärtlich.

„Überhaupt nicht, ich habe die ganze Zeit geträumt. Von diesem verunglückten Wagen und dem Hund, der schon seit Tagen winselnd danebenliegt." Sie sah Christian vorwurfsvoll an. „Wenn du es mir nicht immer wieder ausgeredet hättest, hätte ich ihn längst mitgenommen! Aber heute werde ich anhalten. Ich halte an, steige aus, spreche mit ihm und locke ihn in den Wagen. Verstehst du, ich kann diesen traurigen Anblick einfach nicht länger ertragen."

Annemarie zog fröstelnd die Bettdecke hoch und sah zur Schlafzimmerdecke, wo noch immer bloß eine nackte Glühbirne hing. Sie hatten das Haus im Frühjahr gekauft, hatten es renoviert und waren erst vor ein paar Tagen aus der Stadt hier heraus aufs Land gezogen.

Christian schüttelte den Kopf. „Du kannst ihn doch nicht so einfach ins Auto locken und mitnehmen. Wer weiß, vielleicht gehört er gar nicht zu diesem verunglückten Wagen, vielleicht ist er hier irgendwo zu Hause." Er griff sich den Bademantel, der auf dem Stuhl neben dem Bett lag, stand auf und zog ihn sich über.

„Aber ich sehe dort weit und breit kein Haus", hielt Annemarie dagegen. Sie war fest entschlossen, den Hund mit nach Hause zu nehmen. „Entweder er liegt traurig neben dem Unfallauto, sein Kopf zwischen den Vorderpfoten, den Blick stier auf das Schrottfahrzeug gerichtet, oder er versucht sich winselnd einen Weg hineinzugraben. Die Bäckerin im Dorf hat gesagt, dass die beiden Insassen ins Krankenhaus gekommen sind. Also ist der Hund gerade herrenlos. Irgendwer muss ihn da wegholen, dann eben ich."

Christian seufzte. „Das Unfallauto müsste man da wegholen“, murrte er. „Man kann doch den Karren nicht ewig im Straßengraben liegen lassen.“

„Aber das Problem Hund ist damit auch nicht gelöst“, entgegnete Annemarie. „Er braucht wieder ein Zuhause, eine Familie, die sich um ihn kümmert.“

Christian nahm sie in den Arm und schüttelte lächelnd den Kopf. „Du immer mit deinem Mitgefühl. Aber wenn du meinst, dann hol den Hund halt her.“

Schon von weitem sah Annemarie den Lastwagen des Abschleppdienstes. Das verunglückte Auto hing wie ein Mahnmal der Vergänglichkeit am verrosteten Kran des Bergungsfahrzeuges und plumpste, gerade als sie anhielt, donnernd auf dessen Ladefläche. Doch der Hund war nirgends zu sehen.

Annemarie stieg aus und ging zu den Arbeitern hinüber. „Entschuldigen Sie bitte, wo ist der Hund hingelaufen?“, fragte sie die Männer.

„Welcher Hund?“

„Na, der schwarz-weiß-gefleckte, der streunte hier
schon seit Tagen herum und… „

„Ach, Sie meinen den Strolch vom Fiedler", fiel ihr
der jüngere ins Wort und lachte.

„Also, das ist mir so ein Lump! Wir hatten den Un-
fallwagen hier kaum angehoben, kroch er auch
schon drunter, begann wie ein Wahnsinniger in der
Erde herumzubuddeln, zog einen abgefieselten alten Knochen ans Licht und machte sich damit
schleunigst aus dem Staub … dort rüber ist er gelaufen, glaube ich." Der Mann deutete Richtung
Dorf und ging wieder an seine Arbeit.

Boff-Boff und Kurt Tucholsky

Ganz blass und bleich stand Tina im Hausflur und sah dem Krankenwagen nach. Sie hatte Frau Möller schreien gehört, deshalb war sie in ihre Wohnung gegangen. Dort lag sie auf dem Boden im Flur, ihr Hund Boff-Boff saß winselnd neben ihr.

„Geh zum Telefon, das liegt in der Küche, und wähle die 112", bat Frau Möller weinend. „Das ist die Notrufzentrale. Dann erklärst du den Leuten am Telefon, dass ich gefallen bin und schreckliche Schmerzen in der Hüfte habe."

Bald danach war der Notarzt gekommen. Er hatte Frau Möller untersucht und gemeint, dass vermutlich die Hüfte gebrochen ist.

„Ich muss wohl eine ganze Weile im Krankenhaus bleiben und danach noch auf Reha", hatte Frau Möller zu Tina gesagt, bevor man sie auf einer Bahre in den Sanka schob. Dabei hatte sie ihr den Wohnungsschlüssel in die Hand gedrückt. „Das kann sehr lang dauern! Versprich mir, dass du … dass ihr euch um Boff-Boff kümmert."

„Klar, mach ich!" Tina wollte sie beruhigen. Doch jetzt hatte sie ein Problem, denn sie war ja erst elf Jahre alt, und ihr Papa konnte Hunde nicht besonders gut leiden.

Sie ging zurück zu Boff-Boff. Er lag in seinem Korb und sah sie traurig an. Die Tatütatas kannte er schon. Als man sein Herrchen vor ein paar Monaten mit so einem Auto weggeschafft hatte, kam er nicht wieder.

Tina setzte sich neben den Terrier-Mischling auf den Boden. „Dein Frauchen hat sich was gebrochen", erklärte sie dem Hund und kraulte ihm das Fell. „Deshalb muss sie ins Krankenhaus und dann in eine Reha, und das kann sehr lang dauern."

Er sah sie mit geneigtem Kopf an, so als wollte er sagen: „Bist du sicher? Und was geschieht jetzt mit mir?"

„Ich würde dich ja zu mir nehmen, wenn Papa nicht wäre. Weißt du, er will keinen Hund. Er sagt: Hunde bellen immer! Sie bellen, wenn jemand kommt, und wenn jemand geht, dann bellen sie wieder. Und zwischendurch bellen sie auch, weil sie das eigene Bellen erschreckt. Und wenn sie keinen Grund zum Bellen haben, dann bellen sie sich eben einen. Und er sagt, wenn ich ihm das nicht glauben will, dann brauche ich bloß bei Kurt Tucholsky nachlesen. Aber das ist doch Unsinn, oder bellst du jetzt etwa? Nein - na also!"

Tina seufzte. Doch plötzlich sprang sie auf, und so-fort stand Boff-Boff neben ihr und bellte. „Ich werde kämpfen!", machte sie sich Mut. „Ich werde Papa davon überzeugen, dass du bei uns bleiben musst! Und diesem Kurt Tucholsky werde ich mal die Meinung blasen! - Wer ist der Sack überhaupt?"

Tina nahm Boff-Boff mit und schloss Frau Möllers Wohnung ab. Zu Hause erzählte sie ihrer Mutter, was passiert war. Doch dass sie auf Boff-Boff aufpassen sollte, verschwieg sie vorerst noch. Dann fragte sie: „Wer ist eigentlich Kurt Tucholsky?"

„Ein Schriftsteller. Warum?"

„Och, nur so."

Tina suchte in Papas Bücherschrank und fand tatsächlich einiges von einem Kurt Tucholsky, aber über Hunde war nichts dabei. Sie wollte schon aufgeben, als ihr ein Buch mit Tiergeschichten auffiel. Sie blätterte es durch, und fand: Traktat über den Hund! - Von Kurt Tucholsky.

„Na bitte!" Sie setzte sich in Papas Sessel, Boff-Boff sprang auf ihren Schoß und rollte sich ein.

Tina las laut: „Der Hund ist ein von Flöhen bewohnter Organismus, der bellt. Im Hund hat sich der bäuerische Eigentumstrieb des Menschen selbstständig gemacht; er ist ein monomaner Kapitalist. Er bewacht das Eigentum, das er nicht verwerten kann, um des Eigentums willen und bewacht das seines Herren, als gebe es daneben nichts auf der Welt."

Sie sah Boff-Boff an. „Verstehst du den Unsinn? Ich nicht!"

Sie wendete sich wieder dem Buch zu und las weiter. Dabei bewegten sich ihre Lippen leise mur-
melnd, und Boff-Boff spitzte die Ohren, damit ihm
ja kein Wort dieser Ungeheuerlichkeiten entging,
die da über seinesgleichen verbreitet wurden.
Plötzlich erhob sich Tinas Stimme wieder: „Der
Hund hat vermutlich eine Bellblase, die man nur an-
zustechen braucht, damit sie sich entleert. Und er
ist ein ana... ana-chro-nis-ti-sches Wesen!" Sie
schüttelte den Kopf. „Pah! Was immer das auch bedeutet, es ist bestimmt eine ganz gemeine Lüge!"
Jetzt hatte sie Kurt Tucholsky endgültig als miesen
Schwindler entlarvt. Sie knallte das Buch zu und
schob Boff-Boff von ihren Knien. „Komm, das müssen wir uns von so einem ... einem Tucholsky nicht
sagen lassen!"

Sie nahm Boff-Boff an die Leine und ging erst einmal mit ihm spazieren, damit die Wut verrauchen
konnte.

Als am Abend Papa nach Hause kam, saß seine
Tochter mit Hund bei Fuß auf der Treppe und er-
wartete ihn mit Groll im Herzen und geballten Fäus-
ten.

„Tucholsky lügt!", schrie sie ihren Vater mit Tränen der Empörung in den Augen an, und Boff-Boff bellte dazu. „Hunde sind gar keine anakorischen Wesen! Und sie bellen auch nicht vier Stunden am Tag! Ich habe extra aufgepasst! Und sie haben auch gar keine Bellblase, und Boff-Boff hat keinen einzigen Floh - nicht ei-nen-einzigen!!!"

Tinas Vater sah seine Tochter ratlos an. Er hatte keine Ahnung, wovon sie sprach. Aber dass sie sich über etwas sehr aufregen musste, war augenscheinlich.

Er setzte sich neben sie auf die Treppe und nahm ihre Hand. „Jetzt mal der Reihe nach. Was ist geschehen?"

Boff-Boff machte ebenfalls Sitz und stellte die Ohren auf. Und während seine kleine Freundin erzählte, was sich rund um Frau Möller ereignet hatte, wedelte er aufgeregt mit dem Schwanz.

Und dann passierte etwas, womit Tina niemals gerechnet hätte. Ihr Papa lachte! „Aber Tucholsky hat das doch nur ironisch gemeint!", erklärte er. „Klar, kann Boff-Boff bei uns bleiben. Vorausgesetzt, du übernimmst alle Pflichten, die halt einmal dazugehören." Dann küsste er Tina auf die vor Empörung noch immer gerötete Wange, stand auf und ging ins Haus.

Sie sah ihm verblüfft nach. „Verstehst du das? Ich meine, dass er überhaupt kein Theater gemacht hat?", fragte sie Boff-Boff?

Der neigte den Kopf zur Seite und bellte zweimal kurz, legte sich hin und sah seine Freundin von schräg unten an, als wollte er sagen: „Nee, aber die Menschen muss man halt nehmen, wie sie sind."

Unser Verlagsprogramm

Radreisen-Ratgeber

Der Innradweg auf zwei Rädern und vier Pfoten –
ein heiterer Erlebnisbericht mit vielen praktischen
Reisetipps für Mensch und Hund
ISBN E-Book: 978-3-946280-44-6 / ASIN: B01MS9LNHO

Radreisen – Alles was Sie wissen müssen
ISBN Buch: 978-3-946280-62-0
ISBN E-Book: 978-3-946280-61-3 / ASIN: B0848HM8WC

Weser – Elbe – Weser-Harz-Heide
Drei Radfernwege zu einer Radreise zusammengefasst
Buch: 978-3-946280-67-5
E-Book ISBN: 978-3-946280-66-8 / ASIN : B08RYYVDRN

Ratgeber Lebenshilfe

Von Trennung, Tod und Trauer
ISBN Buch: 978-3-946280-32-3
ISBN E-Book: 978-3-946280-02-6 / ASIN: B015D045U2

Angst überwinden und stark sein
ISBN Buch: 978-3-946280-31-6
ISBN E-Book: 978-3-946280-05-7 / ASIN: B015WKTRYW

So finde ich mein Glück
ISBN Buch: 978-3-946280-30-9
ISBN E-Book: 978-3-946280-07-1 / ASIN: B015WKTWRY

Im Feuer der Liebe – Lina-Sophia Clement
Historischer Liebesroman
ISBN E-Book: 978-3-946280-52-1 / ASIN: B075CMT4X8

Die Liebe einer Königin – Lina-Sophia Clement
Acht historische Kurzromane
ISBN E-Book: 978-3-946280-55-2 / ASIN: B07CK7MSVT

Schokolade für die Liebe – Lina-Sophia Clement
Sieben historische Kurzromane
ISBN E-Book: 978-3-946280-56-9 / ASIN: B07F6XZ7KF

Tausend Sterne über der Wüste – Lina-Sophia Clement
Acht historische Kurzromane
ISBN E-Book: 978-3-946280-57-6 / ASIN: B07K6JDNNL

Die Tanztruppe vom dritten Stern rechts
Jugendbuch – Ballett
ISBN Buch: 978-3-946280-73-6
ISBN E-Book: 978-3-946280-72-9 / ASIN: B0B8VSRR31

Können Igel fliegen?
Alles, was Kinder über Igel wissen wollen
ISBN E-Book 978-3-946280-68-2
ISBN Buch 978-3-946280-69-9 / ASIN:B094NGBW6J

Die Holunderküche -
ISBN Buch: 978-3-946280-40-8
ISBN E-Book: 978-3-946280-11-8 / ASIN: B017WCDE1

Reiseführer über Krk, Cres und Losinj, Avignon, Venedig, Prag, Sevilla, Danzig, Trier, Nürnberg, München, Salzburg, Kreuzfahrt Madeira & Kanaren -und viele mehr unter
www.by-arp.de